顾　　问　金　波

出版人　董素山　刘旭东

策　　划　田浩军　王志刚　庞家兵　郝建东

主　　编　张冬青

编　　委　常　朔　张艳丽　高　倩　王天芳

　　　　　张彤心　纪青云　郝建国　武小森

　　　　　韩联社　孟醒石　闫荣霞　米丽宏

　　　　　董英明　谷　静　刘宇阳　王　哲

图书推广　夏盛磊

~思维与智慧 丛书~

半窗微雨

BAN
CHUANG
WEI
YU

顾问 金 波
主编 张冬青

河北出版传媒集团
河北教育出版社

图书在版编目（CIP）数据

半窗微雨 / 张冬青主编. -- 石家庄 : 河北教育出版社, 2024.4

（思维与智慧丛书）

ISBN 978-7-5545-8247-3

Ⅰ. ①半… Ⅱ. ①张… Ⅲ. ①故事-作品集-中国-当代 Ⅳ. ①I247.81

中国国家版本馆CIP数据核字(2024)第027355号

书　名　半窗微雨
　　　　　BANCHUANG WEIYU
主　编　张冬青

责任编辑　刘宇阳　王　哲
装帧设计　牛亚勋
插　　图　郭　娴
营销推广　符向阳　李　晨
出　　版　河北出版传媒集团
　　　　　河北教育出版社　http://www.hbep.com
　　　　　（石家庄市联盟路705号，050061）
印　　制　保定市正大印刷有限公司
开　　本　787毫米×1092毫米　1/32
印　　张　8.5
字　　数　133千字
版　　次　2024年4月第1版
印　　次　2024年4月第1次印刷
书　　号　ISBN 978-7-5545-8247-3
定　　价　35.00元

版权所有，侵权必究

阅读散文的趣味

金 波

——《思维与智慧丛书》序

我希望更多的人有阅读散文的趣味。

散文作为一种文学样式，在和其他文学样式的对比中，彰显着它鲜明的特点。特别是把散文和诗加以对比，散文的特点就更加突出了。例如，有这样一些比喻：

诗是跳舞，散文是走步；

诗是饮酒，散文是喝水；

诗是唱歌，散文是说话；

诗是独白，散文是交谈；

诗是窗子，散文是房门。

这些比喻，从对比中呈现着散文的特征。散文贴近现实生活，所表现的更为具体真实；散文关注的生活很广阔，但表现手法灵活多样；散文可以和各种文学样式相融合，但不会丢失它的本色，同时它又吸纳各种文学样式的特征，形成了散文从题材到技法的丰富性。

有人说，散文是一切文学样式的根。我赞成这一看法。因为你无论是写小说、写戏剧、写文艺批评，甚至写哲学、历史著作，都离不开散文。凡是从事写作的人，都得有写作散文的基本功。所以有人又说，写好散文，才能获得作家的"身份证"。

写散文是进入文学殿堂必经的门，读散文也是进入文学殿堂必经的门。读散文的趣味很重要。散文可以抒情，可以叙事，可以议论，可以写景，可以状物，各体兼备，风格多样。

我们提倡"自觉的阅读"，不妨从阅读散文开始。喜欢阅读散文的人，会静下心来，会养成慢阅读的好习惯。散文是可以品读的，因为散文最易于形成多样风格，让我们增添一些不同的品味和审美的趣味。

基于此，这套丛书对入选的散文进行了深入的梳理、开掘，以全新的视角，发掘出了独特的价值体系。遴选了四个具有温暖、善美、纯真、禅意特质的主题，用文字和图画来传递人性的真善美，倡导仁爱和谐，表达对生命的探索与诉求。这套"思维与智慧丛书"，共四册，包括《春风辗转》《半窗微雨》《厚藏时光》《烟火清欢》。

收入本丛书的，都是一些短小的散文，可归属于文学性较强、艺术风格较为鲜明的"美文"。有的朴素简明，有的干净利落，有的妙趣横生，有的深邃启思。我设想有很多的读者（他们可以是从九十九岁到九岁的老少读者）在一个安静的时刻阅读这一篇篇令人安静的散文，用真诚的心态阅读这一篇篇真诚的散文，用享受语言之美的感觉阅读这一篇篇纯美的散文。我们默默地读着，却能在灵府的深处，隐隐地听见语言的韵律，入耳入心，贮之胸臆，久久享用。

阅读散文的趣味一定是隽永的。

二〇二四年新春，于北京

目 录

塞云入瓮

003　随便走走　\潘玉毅

007　塞云入瓮　\王太生

012　时禽过我柳　\路来森

016　寒瓜有声　\刘中驰

019　粉黛记　\李娟

023　落苏　\周丽

027　泡泡老茶馆　\李晓

031　雨润竹石滴清响　\张凌云

034　素木之恋　\李丹崖

038　望月　\向野平

043　醉书　\张宏宇

047　看树　\查晶芳

051　墨里相逢　\麦淇琳

055　花间一壶酒　\寇俊杰

一棵守口如瓶的树

061　黎明　\侯美玲

065　一棵守口如瓶的树　\朱成玉

069　追影记　\张金刚

073　惜悦之心　\白音格力

077　孩子的月亮　\孙君飞

083　观窗　\李洽

087　说思考　\巴特尔

090 书信传思慕 \何小琼

093 站立的树根 \朱宜尧

097 与菊为邻 \谢汝平

100 风吹云动 \陈晓辉

104 蓝是生命的礼物 \梁新英

108 不知竹 \陈国江

112 譬如朝露 \杜明芬

116 冬曦如村酿 \宫凤华

风轻半山月

123 到山顶 \丁肃清

129 山水疗疾 \赵典

133 山中何所有 \张云广

136 月亮落在树梢上 \张淑清

142　风轻半山月　\杨福成

145　鸟落枯枝　\王吴军

150　闲倚窗台听春雨　\邱俊霖

154　草木的恩典　\曹春雷

158　莲子苦　\顾晓蕊

162　春如泥　\梁凌

166　素素闲心听雨落　\邹世昌

169　两株草的一生　\安宁

173　笋干焖黄豆　\章铜胜

177　驴蹄缓踏乱山青　\凉月满天

182　斜风细雨不须归　\卢兆盛

一直赶路的星星

187　美的悟语　\王南海

191　一片落叶的灵魂　\鲍安顺

195　一直赶路的星星　\马浩

199　如果你在麦田里捉到了我　\曹化君

204　与月为邻　\曹淑玲

208　老家已租白云住　\谢光明

212　檐敞如怀　\张光恒

216　半窗微雨　\任随平

220　老街　\赵海波

224　筑庐而吟　\停云

227　携诗穿风雪　\李柏林

231　星星陪伴我　\卢海娟

234　贵为龙，素若虾　\凌士彬

238　印痕　\翁秀美

242　寻芳习家池　\李春雷

塞云入瓮

随便走走

潘玉毅

木心先生的《素履以往》中有这样一句话:"晴秋上午,随便走走,不一定要快乐。"

在微雨迷蒙的初秋读到如许文字,我的心里竟有点小小的激动,仿佛有个人说出了自己想说而未曾说出的话。当然,随便走走不一定要在上午,也可以在下午或晚上;不一定要在晴天,也可以在雨天或雪天。如果非得设定在某个时间段、某种天气条件下,这随便也就变得"名不副实"了。

在崇尚率直任诞、清俊通脱的魏晋时期,随便走走是名士们经常干的事情。王子猷在山阴县（今绍兴）居住时，有一个冬天的晚上下起了大雪。王子猷一觉醒来，推开门，发现屋外已经白茫茫一片。他让仆人烫好了酒，把美丽的雪景当作下酒菜，边饮酒边吟诗。当他吟及左思的《招隐》时，忽然想起了隐居剡县（今嵊州）的好友戴安道，便雇了一条小船，连夜跑去看他。船行一夜，方到戴安道的家门口。王子猷在门口望了望，便命船家返回。同行的仆人很是不解，问他："先生既然想念朋友了，为何不进去同他见上一面，叙上一叙？"王子猷答："吾本乘兴而行，兴尽而返，何必见戴！"是啊，我想看他，我就来了；如今到了他家门口，感觉愿已了了，自然也就回去了，何必非得碰个面寒暄几句？

来也随意，去也随意，王子猷的为人处事当真是快意至极。想来，我们多半是学不来他的洒脱的，然而于"随便走走"一事，倒是可以学上几分。

暮色四合，华灯初起，用过晚餐，不妨于街头随便走走，正好可以消化腹中的食物，还能顺便健个身、减个肥，可谓一举多得。白日里忙于工作，你可能已经很久没有看过你日日经过的马路、巷子和那些街景了，以至于它们都变得有些陌生

了。那就随便走走，随便看看吧，也许看着看着，回忆就全都回来了。

周末若是天气晴朗，则可以与家人相伴，寻一座山，寻一片水，寻一个果园，或是寻一处景点，随便走走，在淡淡秋光里，看黄叶化蝶，看果蔬飘香，体会一种与暮春时节"冠者五六人，童子六七人，浴乎沂，风乎舞雩，咏而归"大不相同的况味。也可以去长辈、老人家里坐坐，陪他们在屋前屋后随便走走，正如你年少时他们曾经陪伴、守护你一样。

这个世界，不是每一件事情都得有很强的目的性，我们在待人接物的时候也不必太过拘谨和刻意。有时，随意反而是一种更好、更深情的表达。

老友久别重逢，未必一定要在酒店里摆上几桌，设宴，洗尘，接风——随便走走，去你们都曾熟悉的地方，或者对他来说有特殊意义的地方也不错。不要问最近过得怎么样，未来有什么打算，随便走走，随便聊聊，也许这样，聊得会更深入，彼此的交情也会变得更牢固。若是走着走着前面没有路了，也别紧张，大不了掉个头原路返回，沿着来时的路再走一遍就是了。

多年以后，回忆往事，你说不定会发现，许多你以为会铭记一生的大事要事全都化成了灰烬，反倒是这云淡风轻的随便走走在你的记忆里住下之后再也不曾离开。

塞云入瓮

王太生

清代《绍兴府志》记一则雅事：余姚人杨某，"为人甚有逸兴。尝游四明山，过云岩见云气弥漫，讶之，爱其奇色"，遂携三四口大瓮，在云深处，用手把云往瓮里塞，满了用纸密封，带到山下。

四明山中，杖锡寺稍东，有一条西岭，岭旁溪涧流过，石桥横跨其上，桥畔有数仞巨石，石壁镌刻"过云岩"三字。

唐时有一个名叫谢遗尘的隐士，亲历并目及山中云雾弥漫，二十里不散。家住云之两侧的山里人家，把这种互相走动、来往，叫作"过云"。

除了"塞云入瓮"，这个世界还有其他一些相似而美好的事物：盛香入瓶、腊雪贮缸、瓦罐注天水、瓶集花露、湖心舀水……让人倾心。

我没有质地精美的美瓶，也没有光滑圆润的花器，想在一年四季，寻常缓慢的日子，不经意盛几瓶花香，把它们装在玻璃瓶子里收藏。

先盛一瓶春夏时的蔷香。蔷薇花叶，爬在一面石墙上。抑或说，一面蔷薇，织成一道花墙。蔷薇花色艳丽，香味浓郁，有野气，摘一朵，放在鼻翼下嗅，花香清气，让人喜欢，想留下这份色香，一缕蔷薇花入瓶，贮存一个季节的气息。

再盛一瓶中秋时的桂香。那些细细密密，金色小细花，一簇一簇，缀在桂树上，刚开始是适宜放在口袋中的，柔软的布口袋，装细碎的桂花，口袋里满是醉人香气，存放久了，脱去水分，变成干花，那份香味，经久不散。桂花放在口袋里，上口袋，下口袋；左裤兜，右裤兜……但要久存，也可将桂花盛入一小瓶里，保留一份秋天的香气和记忆。

在微信上，我对一个远方的朋友说，盛一份花香，把瓶子

扔进时间的河流里，让它一路曲线，高高低低地漂流，这份保留已久的香气，你能收到吗？

腊雪贮缸，把干净、晶莹的六瓣雪花，贮存于缸里，其实就是腌雪，古人"一层雪，一层盐，盖好。入夏，取水一勺煮鲜肉，不用生水及盐酱，肉味如暴腌，肉色红可爱，数日不败。此水用制他馔，及合酱，俱大妙"。在古人眼里，雪不但能腌，而且腌过的雪，还能做菜。将雪腌起来，做成卤水，留待日后，炒菜烹肉。

瓦罐注天水。在江南，雨下得很大，把瓦洗得干净，檐口的水，像断了线的珠子，流泻到一口小瓦罐里，天水存集，以备烹煮，过着瓦壶天水菊花茶的布衣生活。

瓶装花露。好喝的饮料那么多，我却喜欢半瓶露水。晨昏旦夕，昼夜温差，水汽凝结。江南人家有收集花露浸茶的习俗。《浮生六记》中，芸娘在"夏月荷花初开时，以纱撮茶叶少许置花心，天明取出，以泉水泡饮"。那少许新茶，大抵是碧螺春，姑苏临太湖，明前茶是有的，茶泡前，先以花露浸润嫩芽，茶遇水，香气在紫砂壶中袅袅释放。

我到山中，见清泉石上流，顺着山势，从这块石头，流向另一块石头，我坐在其中一块高出泉面的石头上，掬水而饮，一股甘甜直抵喉头，清凉生津。

干净的水，大概在山间未被污染的湖泊。一片大湖，远离岸边的喧嚣和浮华的湖心，有一汪好水。

这些年，我在人多的地方喝酒，口干舌燥，像蹦到岸上的鱼张大嘴巴，"吧唧、吧唧"要喝水，很少会想到湖中央之水有这样的清冽甘甜。

到湖心舀水，是一件费力又费时的事情。水途迢迢，孤意清凉，又要坐船，一般人是不去的。无奈，我不想喝好酒，却想喝好水，只有到湖心那个地方，让船停下来，从湖心舀水。从一桶干净的水里，感受天地精华和一个湖的微微呼吸。湖心的水，有草叶与松子的清香。

一些美好的物象，爱这一切的人，珍爱、怜惜它，还想把它们带走，于是就有了塞云入瓮、盛香入瓶、腊雪贮缸、瓶集花露……这样的事情发生，于现实和其他，则不管不顾，既天真，又萌爱、憨态，眼中只有那份纯净而诗意的美好。

话题再回到"塞云入瓮"上。

四明山中的云彩，被手塞瓮装，带下山去。主人与客饮酒

塞云入瓮

时，把瓮搬上，"席间刺针眼，其口则一缕如白线透出，直上。须臾绕梁栋，已而蒸腾坐间，郁勃扑人面，无不引满大呼"。

其实，古籍早有记载，战国时就有可收集云朵的"锁云囊"，佩戴此囊，可以开合，攀登到高山上，在云多的地方，吸入囊中，回到家里，打开囊口，云朵就会自囊中飘出，浮于房间，依然白如棉絮。

苏轼任凤翔府签判时，天大旱，写过一首《攓云篇》，记录了采云的过程："抟取置笥中，提携返茅舍。开缄乃放之，掣去仍变化。云兮汝归山，无使达官怕。"

"手掇""抟取"等方法，将云朵收拢在随身携带的竹器里，携笼归家，开笼放云，云气竟还保持变化的形态。

后来，又读到苏轼《攓云篇序》描述的捉云情形："余自城中还，道中，云气自山中来，如群马奔突，以手掇开，笼收其中。归家，云盈笼开而放之，作攓云篇。"

世间一些美好的东西，带走与带不走的，原本不经意，都在那儿。带走的是心情，带不走的是原先一切，稀有和珍贵，成为回味与永恒。

时禽过我柳

路来森

石老人，画有一幅画，谓之《柳树》：

柳树一株，主干屈曲，老皮皴裂，瘤节凸显，老干上分生出柳枝数根，一蹿入天，然后，细细的柳条，披散而下，枝条婆娑，一树秀润。高枝上，禽鸟儿数只，虽影影绰绰，远望之，却依然能感觉到，因了这几只禽鸟儿的存在，那株大柳树，就迸发出鲜明的活力和灵动的秀气。

于是，我想到了自己的家，自己曾经居住多年的乡下老家。

门前有湾，湾边有柳。

春晨，推门迎新，新柳吐翠，弥目一绿，禽鸣盈耳。各种各样的鸟儿，哄然满树，跳来跳去，叽叽喳喳，嘀嘀啾啾，好一幅"柳禽戏春"图。

站立大门外，春风拂面，快意无比。

首先是那柳色的绿，真绿，是一种嫩嫩的绿，是一种翠翠的绿，柳条披拂，丝丝垂落，感觉那绿，简直就是在流淌，丝绦如瀑，惊艳人的眼目。清风吹拂，柳丝袅袅，如少女腰肢摆动，款款而出万种风情。

晨阳照拂，柳枝上晴光闪烁，水波一样滑动，绸缎一般丝滑，跃金似的灿烂。

我凝视着柳树上的禽鸟儿。

麻雀最多，总有几十只，甚至上百只，叽叽喳喳，搅成一团，晴空中，仿佛正有碎屑铺天而下，让我觉得，时光碎了，碎成一树金屑。成群的麻雀，有时，会霍然飞起，如一团云，滚动着向远处飞去，可是，飞不多远，却又突然回转，栖落在柳树，于是，一柳的斑点，一柳的散乱，一柳的明灿，一柳的灵动。

几只黄鹂，隐身于柳枝间。

你很难寻得它们的芳踪，它们，身体太过小巧，羽色太过本色，是一种本然的柳黄色，与柳色浑然融为一体。寻寻觅觅，几经搜索，或许，也能发现它们的踪迹：黄鹂，一直在跳，上蹿下跳，从一根柳枝跳向另一根柳枝，边跳边叫，以音乐的节拍，来配合身体的舞动，是如此和谐，又是如此完美。黄鹂的叫声，清灵、秀气、锐利——嘀啾，嘀啾，嘀嘀啾……两个短音之后，迅速拉出一个长音，余音袅袅，经久不绝。这个经久不绝的长音，仿佛是对柳条的一种声响演绎，有一种极其婉约的风情。

我觉得：一只黄鹂，简直就是一棵柳树的灵魂。它们，是天造地设的一对，是美与美的结合，二美并焉。

柳枝低处，常有三两只白头翁。白头翁，相对安静，指爪抓住细细的柳枝，左顾右盼，很是有点顾盼自雄。白头翁，腹白、头白，尤其是头上那一大簇白色的羽毛，晴阳下，散溢着皎洁的光芒，真个是白净，真个是晴亮，如五月的光芒，煦暖而有情味。白头翁的叫声，很短促——嘀啾，嘀啾……很容易被淹没，被压倒——被麻雀声淹没了，被黄鹂声压倒了。但细

细分辨之下，你还是能听得到的，它是一种短促、短粗的低音，它的嘴巴一甩，一声"嘀啾"，就被甩出来了。

白头翁，拥有一份独特的优雅，是一种韶秀的优雅。

花喜鹊，只有两只，也许是夫妻。花喜鹊总喜欢站立枝头，而且，一定是一棵树的最高枝头，本性使然。花喜鹊，是喳喳喳地叫的：喳，喳喳，喳喳喳……姿态傲慢，声音清脆、嘹亮，一身光滑的羽毛，在春晨，晴光熠熠，以"明灿"二字形容之，不为之过。

"时禽过我柳，清喙动鸣瑟。"宋人张耒之诗意，诚如是也。

又想到白石老人。当年白石老人居住老家时，房屋谓之"星塘老屋"。我推想，星塘老屋前，一定是植柳的，而且还一定是垂柳，所以，白石老人才能画出《柳树》那样的画作。

我还推想，孩童时期，牧牛的白石老人，也许还玩过"牧童骑黄牛"的游戏，而不仅仅是把书包挂在牛角上。

牧童骑黄牛，口中吹着一支柳笛，悠悠哉，从柳树下经过，一举首，便望到了那满树戏春的禽鸟儿……于是，眼更明了，心更亮了。

寒瓜有声

刘中驰

"下咽顿除烟火气,入齿便有冰雪声。"文天祥言西瓜能消烟火气,但在我眼中,它实在极为烟火。冰雪声,西瓜仿如聪慧的邻家妹妹,人见人爱。西瓜的烟火气,是对季节的笃定,在夏日它就是水果之王,大街小巷都是它的身影;西瓜的冰雪声,是对味蕾的驾驭声,大人、孩子,无不被西瓜的清爽喜人所征服。喜欢这滚圆翠绿的家伙,满心满肺的甜蜜沁心。

女儿爬上沙发,一屁股陷在沙发里,一块西瓜抓得紧紧的。坐稳后,开始啃咬西瓜,瓜汁四溢,满脸满身都是鲜红的

瓜瓤、瓜汁。我喜欢她这种肆无忌惮的吃法，满脸满身都是又何妨，要的是吃得爽快。西瓜，夏天的"小情人"，少了它，夏天顿然失色。

"香浮笑语牙生水，凉入衣襟骨有风。"这样的场景也只有夏日吃西瓜才会这般活色生香。记得儿时夏夜，晚饭后，去瓜地，满眼尽是蓝皮密理的大西瓜，瓜秧和叶子已盖不住那蓝莹莹的大肚皮了，挑两个大个儿的，抱到爷爷看瓜的庵子旁，砸开西瓜，咔嚓有声，酣畅朵颐。漫天星辰下，我们一家人，瓜田庵下，吃瓜，话丰收，一田的西瓜静静睡去，青蛙唱着催眠曲，小溪鼾声四起。瓜田，在童年的记忆里泅成一卷沁心的水墨画，那么真切，满心的凉意。

古人叫西瓜也为"寒瓜"，细想，也较为妥帖。沈约写道："寒瓜方卧垅，秋菰亦满坡。"还有什么比月光下的西瓜更喜人呢？广寒宫的月光，铺满瓜田，映出西瓜的饱满、憨厚。又是一季丰收，喜上眉梢。溽暑解渴胜如冰，甜汁入口清肺腑，寒瓜的称谓非西瓜莫属。

"缕缕花衫粘唾碧，痕痕丹血掐肤红。"大爱诗人方夔的《食西瓜》。吃西瓜，最宜孩儿般地狂吃，汁多四溢最带劲，泻出流霞九酿浆,此般极为解馋。脆朗的吃瓜声,犹如饮酒,亦为喝热粥,那种吃货的场面感,看着都令人欣喜。

西瓜天生就是一首诗,一篇活色生香的散文,一部烟火气十足的小说。西瓜在陈维崧的笔下美成一幅画,看出满眼的美,不忍去吃。"嫩瓟凉瓠,正红冰凝结。绀唾霞膏斗芳洁。傍银床,牵动百尺寒泉。缥色映,恍助玉壶寒彻。"西瓜,摇身一变成了"文艺瓜",我喜欢。可烟火,可文艺,这么亲民的西瓜怎能不爱?

"蕴雪含冰沁齿凉,两团绿玉许分尝。"炎夏时节,尝瓜品诗,也是美事一桩,瓜甜,诗润,口蜜心沁。字字珠玑,口口生津。西瓜原是如此地文深韵厚,诗情画意,仔细品读,韵味盎然,在这个酷夏,清凉之风袭扰周身,清爽怡人。

西瓜,胖胖圆圆,踏实稳重,红红火火的汁肉,是人们心中的美味,是夏季清凉的陪伴,更是安稳烟火生活的和谐调味剂。

粉黛记

李娟

春天的平江路,是在"咿咿呀呀"的摇橹声中醒来的。晨起,漫步小巷,空气微醺,嫣红的海棠花开在粉墙边。静静的平江河上划来一只乌篷船,船篷是素净的蓝花,几分清雅。穿蓝花布衫的女子撑着船,摇着橹,船上没有游人,船儿划过,水面泛起层层涟漪,像漂浮在水上的一个梦。

春分过了,连风也渐渐温润起来,小鸟静静站在柳枝上,在风里睡着了。平江河缓缓流淌,八百年过去了,平江路上的人,走了一茬又一茬,画舫中看风景的人儿,换了一茬又一茬。

"谁见幽人独往来，缥缈孤鸿影。"独自一个人闲逛，水边的小店正升起袅袅的炊烟，小店斑驳的木门开着，绿色的青团圆滚滚地躺在蒸笼里。买一个豆沙馅的，咬一口，糯米与红豆混合淡淡青草的清香，仿佛将春天含在口中。

桂花赤豆糖粥，红豆的沙甜与小丸子的糯香让人迷恋，甜蜜的滋味宛如初恋。要一碗小馄饨，鸡汤浓郁，香气袭人。小馄饨浮在碗里，如一个一个小白鸽。在姑苏品味美食，常常想起陆文夫与汪曾祺两位先生笔下的一粥一饭，甚是亲切。

平江路有一家香馆，名停云。停，云，香，诗意流淌，远在云端。香的味道宛如爱情的味道，停在云朵之上。走进香馆，香气袅袅，案上有书，墙上有画，静玉生香。文人墨客喜欢在此静坐闲谈。

夜晚的平江路，灯影摇曳，烟波画船，游人不多。此刻的平江路，仿佛身着长衫的民国文人，沉静儒雅，目光悠远，依然风骨犹存。

走进一家名为苏式书房的小店，清雅的书房，深色的木桌上有瓶，瓶中无花，插着几枝墨色的莲蓬。看见几张明信

片，粉墙黛瓦的小屋，屋顶有燕，门前有河，河上有船。苏派生活的雅致与闲逸都在画里。我买了几张明信片，寄给远方的朋友，写下几行柳体小楷：不言说，但相思。卿佳否？

和友人去一家老茶馆，听一段苏州评弹或一段昆曲。听她婉转地唱，是《牡丹亭》里的《游园惊梦》。"原来姹紫嫣红开遍，似这般都付与断井颓垣，良辰美景奈何天，赏心乐事谁家院。朝飞暮卷，云霞翠轩；雨丝风片，烟波画船——锦屏人忒看的这韶光贱！"台下人听得如醉如痴，不知今夕何夕。

记得《红楼梦》里，林黛玉和宝玉在园里共读《西厢记》，忽听见墙外有丝竹声，他们站定了细听，原来正是《游园惊梦》，听了许久，林妹妹痴痴地说，原来戏中都是好文章。

小巷里的潘宅，开着一家书房，名"初见书房"，一栋苏式的老宅，古意幽幽的书房，木椅木桌，书香萦绕。园中有溪流潺潺，耳边有琵琶声声。初见，纸上相逢，自有一份欣喜与心动。坐在雕花的木窗前品茶，听琴，读书，遇见作家车前子的散文集《苏州慢》，庭院流水，池中花开，此刻，慢慢品味姑苏之美，就在初见书房里。

我来姑苏，就喜欢住在平江路的小巷里，选一家古朴典雅的苏式民宿，细细感受姑苏人家的闲雅岁月。老宅的粉墙斑驳了，上面印着雨痕、竹影、树荫，宛如一幅水墨丹青。几枝常春藤沿着墙壁慢慢爬，绿荫满墙，成了吴冠中先生笔下的画卷。

　　院中粉墙边种几株翠竹，黄昏落雨了，想起日本俳句：竹叶婆娑，夜中难眠。并无何事，但觉伤悲。也许，美，总是令人难免忧伤。静夜里，听雨滴敲着屋檐，敲着清幽的青石板路，也听细雨讲讲平江路几百年的明月前身、旧事流年。

落苏

周丽

傍晚时分，挎着竹篮，越过小溪，一畦菜地在眼前。辣椒、茄子、韭菜、豇豆、西红柿，各自生长，各自欢喜。小小人儿的兴奋和激动，藏不住，躲不开。猫着腰，穿行其中，须臾间，篮子里红的、绿的、黄的、白的、紫的，塞得满满当当。直到袅袅炊烟里飘来声声呼唤，才恋恋不舍地离开。

这段年少记忆，被轻轻折上一个角，珍藏在岁月的册页里，每每想起，怀念不已。

茄子如人，也念旧，多少年来，保持着最初的模样。

绿衣紫袍的茄子树上，挂着婀娜多姿的紫茄子，垂着珠圆玉润的白茄子。白茄子朴素随和，人缘好，不声不响占得菜园一席之地。紫茄子身上自然散发的贵气，也深得喜爱，亮相菜园，抢去了白茄子许多风头。好在，新鲜劲儿过后，方才懂得白有白的好，紫有紫的妙。故而，餐桌相见，相安无事，各显风姿，各得其味。

吃的最素淡的茄子，是在幼时。将摘回的长条白茄子洗净，竖切两半，浅褐色的茄籽美人微麻似的贴在茄肉里，在清水里漂上一小会儿，然后顺着饭锅的边儿，一条条贴。坐在灶膛前添草加柴的小小人儿，不时站起来，深吸一口气。从锅盖缝里飘出来的米饭香，和蒸熟的茄子香，充满诱惑。

急切地揭开锅盖，茄子软作一团，用锅铲铲上来，放入碗碟中，几乎不费力气，就将软绵的它们捣碎，撒上点盐，与拍碎的大蒜搅拌均匀，一盘主菜大功告成。若是邻居恰好路过得知，会热心地送来半勺猪油，油亮亮，香喷喷。小心地舀出少许，拌入茄子里，鲜美可口的滋味，令人尖叫。

这偶尔的快乐，是《笑林广记》里那位先生无法体会到的。园子里长着许多又肥又嫩的茄子，可东家却一日三餐给他

塞云入瓮

吃咸菜，乏了味，生了厌。不便直说，便忍不住题诗示意："东家茄子满园烂，不予先生供一餐。"不想此后，东家餐餐顿顿给他吃茄子，实在吃得腻了，只好续诗告饶："不料一茄茄到底，惹茄容易退茄难。"

读罢，忍俊不禁，莫非这东家，是个不会做菜的主？可怜了那位先生的胃和味蕾。若是他尝过《红楼梦》里的"茄鲞"，会不会羡慕得想要做客大观园，和刘姥姥一样惊掉下巴？凤姐依贾母言搛些茄鲞送入刘姥姥口中，因笑道："你们天天吃茄子，也尝尝我们的茄子可口不可口。"刘姥姥细嚼了半日，既惊又喜："虽有一点茄子香，只是还不像是茄子。告诉我是个什么法子，我也弄着吃去。"得知是经过千回百转的调制后，刘姥姥连连摇头吐舌："我的佛祖，倒得十来只鸡来配它，怪道这个味。"出身乡下，种了一生茄子的刘姥姥，自然不会照着法子去做。这般奢靡生活，非寻常人家可及。

茄子之趣，不仅在吃，还在于摘。小院里辟出一小块地，栽种几棵白茄子。暮色时分，提着篮子，挨棵寻去。高调的茄子，枝头上摇曳，一眼就能看见。隐于叶片后面的茄子低调许多，满脸羞涩。黄瓜瓠子一夜老，茄子也是，早一天摘不足，迟一天摘老去。这种犹豫不决，时常错过最鲜嫩的茄子。切开满是籽儿的老茄子，甚是懊恼：唉，前两天怎么不摘下呢！

恼不过三秒，一则故事令心情美好。宋人王辟之在《渑水燕谈录》中记载：吴王阖闾有个瘸腿的儿子，一日出游，听到有人大叫："卖茄子，卖茄子！"公子误听成"卖瘸子"，很生气，要过去打人家。阖闾为解儿子心头之结，发现孩子帽子上的流苏很像要落下来的茄子，便将茄子改名"落苏"。

落苏，落在尘世的泥土里，苏醒了久违的诗意。

泡泡老茶馆

李晓

喜欢有老茶馆的城市，比如成都。

有人说，从空中俯瞰，雾气袅袅的成都，是它漫溢的茶香在蒸腾，滋润着这个千年都城。

有考证说，在春秋时代，成都的茶馆就开张了，说成都是一座泡在茶馆里的城市也是恰当的，易中天去了成都，他这样发出感慨。正宗的老成都人，往往是天刚麻麻亮，便打着呵欠出了门，冲开蒙蒙晨雾，直奔热气腾腾人声鼎沸的茶馆。只有到了那里，他们才会真正从梦中醒过来；也只有在那里，先呷一小口茶水漱漱嘴,再把滚烫清香的茶汤吞下肚,才会觉得回肠荡气,神清气爽,遍体通泰,真正活了过来。

我是一个对现实生活保持着紧张关系的人,对一座城市的亲近,身心松弛,让我对茶香之城充满了向往。

我在一个城里,周游于几家老茶馆里的光阴流转,感觉这些老巷子里的茶馆,就是老朋友们的陪伴。

老城墙下有一个老茶馆,长嘴铜壶,茶香袅袅。掺茶的人,提壶续水,碗满得滴水不漏,这可是地道的功夫。那些泡茶馆的人,差不多都是我在城中的故交。

我可以一气儿数出好几个整天泡在茶馆里的人:周三贵、徐大爷、罗二宝、龙大双、"王凉面"……这些泡在茶馆里的人,是城里最逍遥的人。秦时明月汉时关,三国两晋南北朝,都在他们的一壶茶水里荡漾开来。还有满城风雨声,尽在茶馆里沉沉浮浮。

我喜欢这样的时光,一半天,一壶茶,把我的身心泡得柔软,思绪袅袅,可以起伏上千年。周三贵在茶馆里对我眉飞色舞说道,他的高祖在民国时代是一个武师,有一次一拳把一个趾高气扬的外国武士打到了黄葛树上。徐大爷说,他祖先是

塞云入瓮

湖广填四川时从广东迁移来的，在明朝时，他有一个祖先是进士。罗二宝说，在清朝，他的一个祖宗在森林里打死过一头伤人的野猪。卖小吃的"王凉面"说，他的一个祖先是某朝皇帝的御厨。

  这些活灵活现的故事，信不信由你。不过对我来说，我宁愿信其有。这些茶馆里的人，听他们品一口茶，说一个遥远的故事，我发觉，在他们神采飞扬的故事叙述里，苍白的脸色充满了"回光返照"的喜悦。深埋在他们记忆里的故事与传说，滋补着他们，他们需要一个听众，而我愿意倾听。这些市井里的小人物，骨子里善良的品质与淡淡茶香一同袅绕，这是一个城市角落的某种真实生活，被我幸运地触摸到了。一个姓高的老人，是一个军事迷，有次和一个茶客就航空母舰的话题争论了起来，还相互打赌。最后，高大爷认输了，请那人去吃羊肉土扣碗，我被叫去作陪。结果是那位赢了的茶客抢先付了钱。那人感叹说，老高啊，我几个儿子都是老板，这日子不愁钱，就愁没几个像你这样可以唠唠嗑的朋友。

  平时，我也是一个闲散的人，喜欢绕城闲走，偶尔跑到一棵树下去打一个盹儿。有时我走在路上，不晓得到底往哪儿走,在街上碰见手捧茶杯的熟悉茶客,那人就顺口招呼:"走,走,去茶馆喝茶哟。"我就一同去了。有一个人去茶馆自带茶杯,茶杯里有一层厚厚的茶垢了。我也不同他客气,接过他的茶杯就喝,咕噜一口吞下,叫道:"好茶啊,好茶。"这个把茶杯递给我的人,也是一个说故事的人。有次,他把故事讲完了,轻声告诉我,他的老婆明天去医院动手术。后来,我提了水果去医院礼节性看望。他动情地搂住我说:"兄弟啊,好兄弟!"那天,他无论如何也要留我陪他去楼下馆子里喝一杯再走。在馆子里,我们一人啃了一个猪蹄子。而今,我们由茶客成了交情不错的朋友。

我在茶馆里泡了这么多年,听着这些茶客娓娓讲述他们的故事,和那些故事里的人神交已久,感受着芸芸众生的悲喜人生。我突然发觉,我这样一滴水的人生,和他们以及故事里的人一旦交融,就可以川流不息地奔腾,浮现出浩瀚人生的图像。

雨润竹石滴清响

张凌云

时下网上好看的图片越来越多，见惯了，也就不足为奇，但有一类构图，却始终百看不厌。

画面并不复杂。一根竹管，顶端削尖，尖头处有水珠滴落在一只石盘上，石盘崚嶒不平，中间有孔，水珠在周围聚成一汪浅水，慢慢顺着孔洞渗到地面。背景通常是一片虚化的竹林，影影绰绰正在下雨，风声摧打着竹叶，几滴雨珠沾上了竹管，石盘不为所动，而那汪浅水却更显丰满，也更加晶莹了。

后来才知道，它有着各种诗意的名字，竹管叫逐鹿、惊鹿、醒竹等，石盘叫蹲踞，源于日式庭院风格。

很难用一个词概括这种情境。清幽、清泠、青翠、青葱，或许都有。这样的感觉，如饮清茶，如享甘霖，润润的，酥酥的，像一阵带着沁凉，又有点微湿的轻风缓缓熨过身心，惬意无比，你愿意整个灵魂都沐浴于这般曼妙的意境里，直到天荒地老。

喜欢雨，无论什么时候。亦喜欢竹，无论什么地方。雨和竹的组合，是这样一种奇妙的叠加，想象着竹林听雨的旋律，你看不到季节的分野，甚至感受不到时间的流逝，你感觉一切都静止了，只剩下用心才能听到的绵绵雨韵，只剩下怎么也望不到头的葱茏绿色，如此鲜嫩欲滴而生机勃勃，仿佛这里除了你，就只有永远生长着的春天。

这样的氛围，还不像东坡所说"莫听穿林打叶声，何妨吟啸且徐行"，那毕竟带有赶路的意味，也不像王维所云"独坐幽篁里，弹琴复长啸"，的确，这里最适合一个人独处，但不须弹琴长啸或别的风雅动作，只要静坐或冥想就行，你看着雨意一层层沁入竹林，慢慢地竟把那竹林看成了自己，感觉自己慢慢融化了，摆脱了人间的烟火之气，从而与天地造化合二为一。

不过，冥想固然美妙，而现实中这样的竹林却是那么可遇

不可求。生活在世俗社会，能够僻处荒野的机会极少，所幸，我们能够把理想的竹林进行浓缩，取其大意，亦可消弭心中块垒。

譬如一方不大的院落。现代住宅，常会保留一些传统美学元素，竹与石就是重要组成。倚窗坐榻，凭栏凝望，沙沙萦回的风雨声里，一滴水珠顺着锃亮的竹管缓缓而落，竟堪比上苍赐予的甘泉。盯久了，你恍然大悟，又想到更深一层，这不好似时间的沙漏吗？它滤清了一切喧嚣与浮躁，唯留下最清最纯的东西，然后，又一滴滴落进那些岁月的空洞里，随风归于虚无。这不是水滴石穿的寓言，却比水滴石穿更耐人寻味。

如果在野外见到这样的景观，你会更加了悟。有的景区会有同样的设施，当置身其中，看到一旁的山林清泉，你才明白，原来，它们与周围环境是如此浑然天成。也许，我们的先民早已用这种方式来作汲水之用，这是一首素朴而温婉的诗，毫无做作之意，只是现代人越来越矫情，也越来越迷失自我了，我们满足于各种愈发精致的生活，却常常忘记了那些最本真的东西。

若得弱水三千，我只取一瓢之饮。一竹一管一水，滴的是流淌不尽的清响，一风一雨一石，诉的是化繁为简的人生。

素木之恋

李丹崖

初秋,回到故乡去,祖父在当院搭了一座凉棚,棚是六角的,上面覆以茅草,六根柱子皆是泡桐木,去了皮,不事油漆。这样的秋日,祖父在凉棚里喝茉莉花茶,大搪瓷缸盛着,秋风吹来,茶香伴着木材的香、茅草的香,真是惬意。

一个季节有一个季节的体香,春以百花夏以荷,秋以蔬果冬以梅。这是季节的分别,共通之处是,每一季都有木质的香伴人左右。

看中国的建筑史,很多古建筑都是木结构,早些年,很

塞云入瓮

多人到皖南或江西去收一些老建筑,砖瓦并不值钱,值钱的是房子的木结构。那些泛了黄的房梁,氧化到咖啡色的檩子,黝黑的椽子,带着包浆的雕花雀替,都是宝贝。有了这些,古建筑的灵魂才在,古砖瓦好配,但,被砖瓦之口噙着的经年的木材,很难配得到,即便是做旧,也完全失去了原有的味道。

很多古建筑,为了防虫,木材外面是要刷桐油的,也有刷油漆的,这指的是大型的建筑用材。若是仅仅搭建一座小型建筑,索性就使用素木。素木,即不着任何防腐的材料,也不着色,原木在岁月的浸润下发出它应有的香。那香,是隐隐的,并不浓烈,距离远了也嗅不到,近了细嗅,淡淡的木质的气息,像极了旧时在乡下,木匠从刨子里刮出来的刨花的气息,呲呲呲,刨花吞吐,木材的香满院子都是。

我的姑父是一位木匠,他最拿手的是做凳子。或方或圆的凳子,被卯榫结构聚合在一起,用砂纸打磨掉多余的木刺,木材的纹理毕现,甚是好看。上初中的时候,我每次去姑妈家,都要在姑父做好的凳子上坐一会儿,然后抱着一只新鲜的凳子,用鼻子细嗅,那叫一个香呀。香且耐品。

木材这种东西就是奇特，不必烹煮，无须焚烧，自带的香气让人欲罢不能。隐隐的木香，并不浓郁，却格外讨喜，这或许就是自然的力量、草木的魅力所在。

素木流行的年代久远，在《史记》中就有对素木用于祭祀、盛放五谷的记载。《后汉书》中亦有如许句子："每春秋飨射，常备列典仪，以素木瓠叶为俎豆，桑弧蒿矢，以射'菟首'。"足见，人们用素木器皿来盛放祭品，是对祖先和苍天最大的崇敬，试想，一个人对于自己所尊崇的人或神灵，又有什么可以遮掩的，索性素木以待。

在京都，亦有很多素木建筑或美器，称之为"素木造"，这些裸色的木器，很讨大家的欢心，在遥远的春秋战国时期，老子就以"道法自然"来阐释宇宙大道，天人相和，在素木上体现得淋漓尽致。在街头的文创店，见到有匠人做的折扇，素木版雕刻，或镂空，或用淡淡的刀痕刻出枯山水，似一卷焦墨，色泽不浓艳，却让人看得神往。

收到一位书法家的手卷，写的是曹操的《对酒》，小楷潇洒俊秀，外面的盒子亦是雅致，用泡桐素木做成的方形小盒

子，中间嵌以卷轴，很是古雅。素木，给人以赤诚和淡然之感，不那么刻意为之，又有谦和低调的感觉，像极了古代的君子。淡然而谦卑，与之相交，像是饮了一杯陈年的老白茶。

素木之恋，是骨子里的喜欢。

望月

向墅平

一

月光清澈,水一样清澈。

抬头望月。

仿佛觉着那水一样清澈的月光,自天幕上汩汩流淌而下。从头上至脚底,流遍全身;也像洗去一天的风尘,洗去一天的紧张与劳顿。

水一样清澈的月光,亦仿佛流进心间。

明月可以洗心。

洗去心灵里那些污浊与不堪，还原人心的原初面貌——洁净而纯粹，不染纤尘。

二

明月无声，安之若素。

抬头望月。

天上月，静如坐禅。天地大静。

夜，好像一个怕羞的少女，吱嘎一声，掩门而遁。

仿佛听见了寂静，好深的寂静。一切都沦陷在无边的寂静里。

明月，像一口深深的潭，沉淀了尘世间几乎所有的喧嚣。

望月的人那颗原本浮躁的心呢，也慢慢跌进了明月那口寂静的深潭里……

三

明月如镜，镜一般澄亮。

抬头望月。

只一刹那，人被镜一般的明月照亮。

人有几分惶惶然，亦有几分欣欣然；只因，明月照亮了自己的内心。

内心里，那些阴晦与纠结，恍惚间，灰飞烟灭。

人，借天上这一面明镜，仿佛看见了一个真实的自我。

四

一个人望月。月孤独，人亦孤独。

人与月对望。彼此间，心神交汇。此时无声胜有声。

人还可向明月，诉说心事。明月是最可信赖的听者。

明月亦可与人娓娓述说。明月的潺潺光辉，是宇宙间最睿智也最清明的语言。之于人，不啻醍醐灌顶。

人与月，在遥远而又切近的对望里，成了一对天地间最贴心的知己。

五

依然是人与月对望。

人在地上。月在天上。其间，隔了光年的空间距离。

但，因为有了心神间的彼此交汇，迢迢距离，如在咫尺。

人与月，恰如咫尺相望。

月在天上。人在地上。

一个高高悬挂，俯视尘寰。一个低到尘埃，唯有仰望。

人与月之间，位置相差如斯。

但，因为有了仿佛彼此间的默契交流，与灵犀相通，位置高下，无关尊卑。

人与月，是真正的相敬如宾。

六

有时，望见的是一轮满月，盈盈如镜。

有时，望见的是一弯残月，像镰刀，像金钩。

有时，夜空如洗，月照朗朗。

有时，夜空混沌，月罩阴云。

月的阴晴圆缺，一如人生。

望月，如见人生。

人生亦有悲欢离合，起落浮沉，荣辱得失。

月的变化，是规律。人生的运行，亦有规律。

以平常心视之，则无悲无喜，淡定如常。

七

天上月,是诗意的呈现。

月圆月缺总是诗,是天底下所有人都可以赏读到的一首妙趣盎然的诗。

无论现实多么苍白无趣,月常在,诗便常在。

远方,亦还在。

月在高而旷阔的天穹,在大宇宙间徜徉。

月是远方,是不单用目望,更须用憧憬,用探索才可以抵达的远方。

常望月,诗和远方便常在。

醉书

张宏宇

平素不善酒，也极少有酒的醉态，但此生却独与书结下了不解之缘，常常读书读到了醉，醉书醉得酣畅淋漓，好不痛快。

上学时，每有零用钱、压岁钱，便到书店疯狂采购一番，全当是给自己的礼物，家里堆满了书。工作后，我不嗜烟酒，唯有买书这个习惯一直改不了，以至于买书成瘾。周末，陪家人逛街，走散时，他们会在书店里很容易找到我。

每遇好书，我便会迫不及待，通宵达旦品味其中的文字，合卷时已是满面红光,像喝过酒一样。沉湎于文字中,和饮酒有相通的地方,就是时间长了,会成瘾,而且都会被麻醉,并且从中得到一种享受。

因对书过度痴迷,只要有书读,对其他的事情我便不会放在心里,并且常常走神。小时候,因为过分投入读书,父母交代的事情,我从来都做不好,没少挨父母的责骂。读书进入了一种忘我的状态,便会有醉的感觉,一旦醉了,便像醉酒一样,你什么事也记不得了,也做不了。父亲时常批评我说,除了读书,凡事都是心不在焉,成了一个典型的书呆子了。但读书醉书,却让我拥有很多快乐和收获。

闻一多先生读书成瘾,在他结婚的那天,洞房里张灯结彩,热闹非凡。大清早亲朋好友都来登门贺喜,直到迎亲的花轿快到家时,人们还到处找不到新郎,急得大家东寻西找,结果在书房里找到了他,他仍穿着旧袍,手里捧着一本书着了迷。怪不得人家说他不能看书,一看就要"醉"。读书能够读到"醉",可以"醉"得忘记了人生的大事,可见书的重要,书已成了我们生活中最大的财富。

读大学时,我大部分的时光都是在图书馆里度过的。有

塞云入瓮

一次，回到宿舍很晚，读书也读得很累了，便倒头大睡。第二天，同寝室的同学便问我，昨天晚上是不是喝多了，我一脸纳闷，辩解说没有喝酒啊。同学们都很疑惑，没喝酒，你却说酒话："一樽煮酒，二人对坐，开怀畅饮。煮酒论英雄啊。"我这才想起，昨天读《三国演义》，可能梦中呓语了其中的一些章节，真没想到我竟然"醉"到这种程度，我把实情告诉了室友，他们都大笑不已。

上学苦读时，醉是一种乐趣，以至于让读书不再有"苦"味，更多的充满了一种"醉"的享受。苏东坡有一副对联："发愤识遍天下字，立志读尽世间书。"那时的我，对于书的渴望近乎痴狂。读书且为书所醉，那种醉的感觉，就是一种痴迷，是一种深入，让你从书中收获了更多知识和思想。每每醉于书间，往往容光焕发，心旷神怡，书中深情美景、哲理情思，会让我们心灵顿开，这真是一种美好的享受。

好的书，其实就是一杯陈年老酒，经久的醇香，百读不厌。我常常会拥书而眠，沉醉在那泛黄的书页中，那种醉的状态很酣畅。很多时候真不愿意醒来，因为醉后更容易入梦，而且梦都是与书有关的，梦到书里的故事和情节，仿佛和书融在了一起，常常为书中的文字而喜，为书中的文字而悲。

　　醉书实在是读书的一种佳境，读到忘我，文字就有了麻醉作用。书中文字瞬间跃然眼前，生动了起来，亦真亦幻，如梦似梦，妙不可言，这真是一种美妙的享受。醉书不醒，这或许就是读书最高的境界吧。

看树

查晶芳

那日,我被寺中一棵长着"眼睛"的树震住了。

灰色的树干,从上至下,布满了"眼睛":或大,或小;或圆,或椭圆,或三角;或好奇,或淡然,或热情,或冷漠。它们打量着,沉思着。它们是大大小小的同色节疤。我望着它们,它们也就一齐滴溜溜地看着我。

"如果有来生,要做一棵树,站成永恒,没有悲欢的姿势。一半在尘土里安详,一半在风里飞扬,一半洒落阴凉,一半沐浴阳光。非常沉默、非常骄傲。从不依靠、从不寻找。"

这是三毛关于树的文字，深情又似无情，恰似树。人到中年，也像了树，即使心中藏着火焰，也波澜不惊。因此，也就喜欢看树。

我所在的校园里有很多树。操场边是几棵柳树，前天还是绿中泛黄，昨日就突然青灰了，瘦成细线似的柳叶在寒风中丝丝摇曳，缕缕分明。一排柳就像一大幅工笔画，简净，清淡。一旁的银杏经不起几番风雨，落了满头的金发，只挺直着躯干，在云天里与风为友。玉兰仅存的数枚阔大叶片，如盏似碟，似乎想盛放更多的时光。梧桐依然是士大夫的模样，水杉则是身着灰袍的隐士。梅树黧黑的劲枝铁干，是烈士仁人的铮铮铁骨。紫薇唯余光溜溜的树身，但我知道它们正在树干里编织着苞蕾，春风才暖，它们的秃枝上便会"嘭嘭嘭"地绽开千万片绿叶，很快就有一团团五颜六色的火焰，跳跃在明媚的枝头。我最关注的还是龙爪槐。相较于春夏的翠叶纷披、绿意可人，我更喜欢它此刻的模样：浑身上下片叶不存，墨色枝干屈曲伸展，遒劲有力，宛若飞龙在天，搏击风云。

这一棵棵树，在冬日空旷寥远的天宇下，形态有别，姿势

塞云入瓷

各异，却一色风骨卓然，或清雅如水墨，或端凝若雕塑，默默地看着人间。"人非草木，孰能无情"，人皆以为草木无情，我倒觉得，树恰恰是最有情的。你看，春天，它们枝叶丰满，让人眼前一亮。夏天，它们依旧葳蕤，叶若华盖，遮骄阳，送清风，赠人惬意的阴凉。秋来了，它们大多毫不犹豫地脱下一身华服，让所有的叶子安然归于尘土，既把自己还给了自己，也还给世界一个爽朗开阔的天空。到了冬天，它们很多都全身裸裎，看似枯枝败叶，又绝非真正的朽木。它们只是开启了沉思的模式，默默地思考人生，像高深莫测的哲人，给人大片大片的留白。而只要稍稍留心，你便会发现那些秃枝上，一粒粒小芽苞正悄悄生长着，它们是在悄悄积蓄着生命的力量，静待来年春天的华丽转身。

　　树，绝不仅仅是植物，它和天空一样，是有灵性的，甚至还有着清澈的眼睛。就像我看到的那棵树。有人告诉我，那些"眼睛"是剪枝愈合后的伤痕，每只眼睛其实都是一段刻骨铭心的伤痛。

　　人也是树，是会行走的树。或许也可以说，树是静默的人。谁敢说，树不会思考不会流泪呢？

而我们的眼睛，是否也曾是身体上一根旁逸斜出的枝丫？我们要珍惜我们的眼睛，多看，多思，少喧闹，少浮躁，像树那样沉默、善良。

做一棵树，挺立在时间的旷野里，挺好。

墨里相逢

麦淇琳

读初中时,学校靠墙的僻静处,有一树疏梅。它的南端被一片石砖房挡着,每年修葺校舍留下的断砖残瓦零星其间。一条小河流到这里,由一个豁洞穿墙而过。站在矮墙下,墙头上参差着葳蕤的青草,和着风,摇动着星星点点的小花,或洁白,或紫红。

那时,班里转来一个女生,叫梅。梅的相貌清秀,讲一口标准的普通话。我与同桌素云下课后喜欢到河边逗留,梅不知从何时起,也加入我们中间,我们成了形影不离的三人组。

一天午后,梅声称在河边发现了"墨烟草"。当时我并不知晓何为"墨烟草",梅解释说那是一种柔弱的野草,将其草茎折断,便有墨汁渗出。据说古时穷人家的孩子读不起书,采了墨烟草,搓揉茎叶,就能捯饬出一盏墨汁。央人教几个字,蘸饱了墨,写在衣襟上,低头可见。

只是那天我们并没有找到墨烟草,我有些遗憾,便盼着往后岁月,能在墨里相逢世间美好,在一卷一卷的书里找到宁静安和。

翻书,见介绍宋代周晋的一首词:"图书一室。香暖垂帘密。花满翠壶熏研席。睡觉满窗晴日。手寒不了残棋。篝香细勘唐碑。无酒无诗情绪,欲梅欲雪天时。"细细品味,就如看到一幅图书之满室,插花之满壶,花香之满屋,晴日之满窗的画卷。这样的一隅书斋,像一个温暖的茧,紧紧包裹着词人的精神世界,使人一念起,心中就开出了一朵小花来。

有阵子,作家三毛的母亲觉得,三毛颠颠倒倒的生活比上班的人更苦,劝她不要写作。三毛反问:"那我用什么疗饥?"对于痴迷文字的人而言,与美丽光阴在墨里相逢,是疗饥的唯

一方式，能照见自己心灵的隐秘盛开。

南宋诗人尤袤也说："吾所抄书，今若干卷，将汇而目之，饥读之以当肉，寒读之以当裘，孤寂而读之以当友朋，幽忧而读之以当金石琴瑟也。"饥饿的时候读书来充饥，寒冷的时候读书来御寒，寂寞的时候把书籍当作朋友来交流，忧愁的时候把书籍当作乐器来解闷，哪还会再惧世间严寒？

一天夜里，友人在网上发给我一首小诗："月落乌啼霜满天，江枫渔火对愁眠。姑苏城外寒山寺，夜半钟声到客船。"友人感慨说："我们每个人都要有能力看到远处的月落、江枫和渔火，有能力听到乌鸦的啼叫、寒山寺的钟声，有能力感觉到漫天的寒霜，世界才会把自己的样子给我们看。"

英国小说家毛姆说："阅读应该是一种享受。它们既不能帮你得到学位，也不能帮你谋生；不能教你怎样驾驶船舶，也不能教你修理机器。但它们将使你的生活更充实圆满而感到快乐，如果你真能享受这些书的话。"

我们只是朝生暮死的虫豸，如何在黑漆漆的远处，为自己多点一盏灯？那就让我们到墨里相逢世间的一花一草一木，一风一月一水,如杨绛先生教我们的,钻入书中世界,这边爬爬,那边停停,有时遇到心仪的人,听到惬意的话,或者对心上悬挂的问题偶有所得,就好比开了心窍,乐以忘言,让自己的精神气候显现出来。

花间一壶酒

寇俊杰

最喜欢李白的一句诗——花间一壶酒。每次看到这简约的五个字，脑海中就会出现一幅无比丰富的画面：在繁花似锦的花园，姹紫嫣红的花硕大无比，多得像满天的星星，把整个地面都铺得坐无隙地。幽香引得蜂蝶来，花枝轻颤满园芳。唯有正中间一块空地，置一石桌，周围四个石凳，桌上一壶酒，壶旁放一小酒杯，李白自斟自饮，赏花醉花，超然物外，真的像一位仙人。

李白之所以叫诗仙，恐怕和他"斗酒诗百篇"分不开吧？

李白之于酒，好像花之于水——花无水不开，李白无酒诗难来。这样的情怀杜甫学不会，白居易也理解不了，"诗圣""诗魔"都是苦吟型的，"吟安一个字，捻断数茎须"，李白的世界无人能懂，所以，李白只有"独酌无相亲"了。

不知有没有确凿的证据证明酒是何时何人所发明，但酒在中国早已被称为一种"文化"了，这看似如水透明的液体，因为有了一种味道——一种能让人如醉如痴的味道，而提升为一种文化。不但有"李白斗酒诗百篇"，宋太祖"杯酒释兵权"，曹操"何以解忧，唯有杜康"，还有欧阳修的"醉翁之意不在酒"，每天醉得以天为房以地为床的刘伶……千百年来，有多少帝王将相、文人墨客为它悲、为它喜，贴着酒的标签，行走于历史的风尘中。

花间一壶酒。酒在花间，能醉人的绝不是只有酒，花不醉人人自醉。在春天里，在花丛中，你分不清哪是花香，哪是酒香；上有和风顺畅，下有蝶飞蜂舞，你分不清哪是人间，哪是天上。此情此景，再抑郁的人也会神清气爽，再悲观的人也会心情开朗。寻找一块这样的圣地吧！在百花争艳的春天，可以是公园，可以是原野，可以是宅院，可以是花圃，到处都是

花，我想在花间寻一块清静之地并不难，酒也是极好找的，不拘名贵价廉，在暖融融的花丛中，似乎喝什么都是酒了。能约上三五好友也罢，独自品味也好，热闹有热闹的好处，独处有独处的逸致，在这样的环境里，做一下深呼吸，吐旧纳新，腹中浊气会一点点消散，一股清气会由外而内沁入肺腑，随着人思虑的纯净，坏心情也会烟消云散，随之而来的是天人合一，物我两忘。行走江湖，又相忘于江湖，是习武之人的最高境界。

花间一壶酒，花、酒、人都不论贫富贵贱，这是大自然对每一个人的慷慨馈赠，像阳光、空气、时间，每一个人都公平地拥有，但又恰恰很多人不去珍惜，反而对身外之物的金钱、地位、名利趋之若鹜，这真有些买椟还珠的意思。春天来了，连草木都知道以昂扬的姿态去迎接春阳的美好，万物之长的人也更应该净化心灵，享受春天的每一寸光阴。

拥有花间一壶酒，远离名利是非场。茫茫青史，因酒留名的能有几人？趁着这美好的春花清酒，投入到积极平淡的幸福中去吧！

一棵守口如瓶的树

黎明

侯美玲

有一年，我在郊外朋友家，半夜醒来再无睡意，又熬了几个小时，临时决定步行回家。走过一个石桥，越过一个山坡，穿过一片树林，经过一个农场，我在弯弯曲曲的小路上款款而行，在黎明时分静待光明的到来。

晨光未露，天地一片混沌，周围异常清冷、安静，夜晚璀璨的星空盛宴刚刚消散，星星一个个褪去光辉，圆月半残，轮廓变得模糊不清，懒洋洋地挂在天边，一副可有可无的样子。微风带着清新的气息扑面而来，几棵稀疏的小树在风中摇曳，在半黑的空中形成移动的影子，掀起一波波黑色的颤动。

有一瞬间，天空突然陷入漆黑，我的心里跟着冒出一句话，"黎明前的黑暗"，这句话是形容天亮之前的至暗时刻，寓意黑暗即将过去，黎明就要来临。天空如同一个倒扣的铁锅，暗色像墨汁一样泅染了整个天空，就连亮晶晶的河面也显得黑森森的。我的眼睛有点儿不适应这种黑暗，感觉如临深渊，脚步也变得战战兢兢。好在黑暗很短暂，仅仅过了片刻，眼前又恢复了一点儿光亮。

熹微的光线中，天色明净起来，暗绿的大树忽然绽出几个金黄色果实，烁烁发光，走近细看，是一片杏树林，杏树的枝、干、叶清晰地显露出来，树叶碧绿青翠，金杏饱满香甜，林间弥漫着收获的喜悦。一个小伙子在路上跑步，短裤短袖，整个人散发着青春的气息，汗水濡染了他的后背，汗渍形成一个小熊图案，趣味横生。

天光渐开，一丝魅丽的霞光出现在东方，若隐若现，金黄色光带渐渐变亮，夜色一点点消失。东边的群山、岩石、房屋、树木、其他建筑一律染上明快的暖色调，橘黄色、粉红色、紫红色，靓丽的色彩交错变换，呈现出璀璨夺目的景象。

云朵像得到某种召唤，一团团、一片片、一朵朵出现在蔚蓝的天空，无忧无虑地驰骋、聚合、分散，时而洁白如白雾，时而轻盈如泡沫，时而柔软如棉絮。

小路两侧树木葱茏，薄薄的雾气笼罩了四周，透过薄雾，散居的房屋星星点点，盘山公路像一条蜿蜒飘动的腰带，河水不知疲倦地由北向南流淌，一路欢歌笑语，河边绿草闪闪发光，潮湿的铁杆蒿蒸汽缭绕，散发出蒿草特有的气息，金银花的芬芳融进晨曦，香气袭人，蔷薇花爬满整个篱笆，白色、粉色、玫红、桃红，各色花儿争奇斗艳，一切都使人神清气爽。整个世界变得光辉灿烂，天边的云彩，远处的高楼，脚下的道路，路边的草木，全都如脱胎换骨了一般。河水潺潺，长风飕飕，曙光浸染的世界美得让人窒息，万木争辉，谁也不甘落后，大自然正在尽情展露自己最美的一面。

一个农人赶了两头黄牛，牛扯着脖子发出"哞、哞"的叫声，像是因为呼吸到洁净的空气而赞叹，又或是为崭新的一天加油呐喊。公鸡的打鸣声此消彼长，欢快得如同中了彩票，远处传来一串汽笛声，咆哮着从空中划过，穿过黎明的村庄，湮没在无尽的远方。麻雀、燕子、喜鹊、灰椋鸟飞起飞落，觅食、嬉戏、歌唱，从一个树枝掠过另一个树枝，叽叽喳喳的啁啾声此起彼伏，将原本万籁俱寂、不那么真实的黎明填充得真真切切，万物一点点恢复了生气，仿佛重生了一般。

神秘、魅丽、梦幻、蓬勃的黎明终于来临，此刻，日出的大幕正在拉开，太阳徐徐浮出山涧，大地一片生机勃勃，崭新的一天终于到来，人的心也跟着振奋起来。

一棵如瓶的守口树

朱成玉

深秋，一封寄往南方的信，被麻雀截获。它向我索要，度过一整个冬天的麦粒儿。不然，它会用它的婆婆妈妈，把我的心事抖落个干干净净。

我只好从我的嘴里，省出一只鸟一个冬天的口粮。只为，我要一个完好无损的秘密。我不要任何人与我分享。

那个秘密里，只有一个字——爱。是我要对一个女孩儿说的，唯一的一个字。

我用了很多办法都无济于事，写在雪地上，阳光会看见，写在墙上，小虫子会爬过，写在纸上，那是不打自招的铁证，那么该如何呢？找一棵有树洞的树，让它来替你保管你的秘密吧。

我想象着我的爱，是多么惨烈，就像一尾鱼，煮熟自己，并心甘情愿为了心爱的人，剔出自己的骨刺。

爱人，我死后，请在我贫寒的尸骨上绽露生活的笑容。如果有幸在夏天挥别，请为我铺一些花瓣，让花香冲淡死亡路上的忧伤；如果我在秋天离开，请用落叶覆我，让我与落叶一起去寻根；如果我在冬天别去，请为我撒上几片雪花，权当是对这个尘世的小小留念；如果，我在春天告别，请将最贴心的那枚纽扣，挂到我爱的那棵树上，让它代替那枯萎的心脏一直跳动着，如同一架永不停摆的挂钟。

有些爱情，不属于键盘，不属于冷冰冰的电脑和手机屏幕，不属于彩铃，不属于时尚刊物。它只属于微微有些泛黄的纸笺；只属于轻轻的、静静的心跳；只属于月亮，这不穿衣裳，却依然被世人唤作圣女的尤物。

我竭力保守的秘密，就是那样的爱情。

一棵守口如瓶的树

我爱那颗多愁善感的心,那心上滴出的水,是最好的墨。将心灵的地盘,全都泼洒出美好的水墨丹青。

我爱着我的秘密,也爱着那棵为我保守秘密的树,它是一个多么值得信赖的朋友,如果它是异性,定会是我的红颜知己,如果是同性,定是我如影随形的哥们儿。

一片片叶子,像一只只灵敏的耳朵,支棱着,听着慢慢走近的,春的步子。

亲爱的,我是生活最边缘的那一缕雾,除了不怀心机地度过生命,我没有过别的要求——尽管,我以具体的形象和身份存在,因为思想的偏离,似乎已不知自己是谁。

两手空空时,与你相遇。那是我在清空心灵的地盘,准备全部用来装你。

我的内心,有一个空鞋盒,正在等待一双合适的脚,来轻轻践踏。

现在我也存留着这个习惯,每到一处新的境地,我都要去看那里的树,然后在一张纸条上写下心里对某个人的某些怀念,安安静静地埋到那棵树下。我知道,那棵树会为我保守秘密，也会为我的秘密找到一个成长的出口。这守口如瓶的树上的某一片叶子，没准就是我的秘密幻化而成的呢！这样想着，所有的时光都开始欢呼雀跃起来。我乐于如此——呈给世人的，是宁静而温情的脸庞，内心翻涌的，是不朽的波浪。

追影记

张金刚

一场有趣的皮影戏精彩上演。恍惚间，四周息声，满心沉寂，追忆起曾经的那些"影"。

土坯房内那盏煤油灯是我童年的主角。每个夜里，一束细长的黑烟牵着一点儿昏黄的火焰，在我面前飘忽。我在小炕桌前写作业，一会儿盘着腿，一会儿长跪着，一会儿将腿伸在桌下，有时累了就躺一会儿，呆呆地看那烟一缕缕冲向屋顶糊的报纸，熏黑再熏黑。

旁边坐着缝衣服或纳鞋底或剥花生的母亲，以及抽旱烟或修农具或看闲书的父亲。一点儿光,将父母和我大大地投影在屋墙上,像大小三座黑黑的山。有时,我瞥见父母瞅瞅我,再瞅瞅我的影,满脸的欣慰;有时,我也瞅一眼父母,再瞅瞅父母的影,继续读书。谁也不说话,人近,心也近。

闲下来,我便吵着父亲玩手影。父亲不管有多累,总会精神十足地坐直在灯侧,伸长胳膊,摆弄手指,将黑猫、黑狗、黑兔、黑刺猬、黑孔雀投在墙上,还动呀动的。我也跟上一只同类一起玩耍,或跟上一只异类打起架来。大手小手在灯前忙活,大影小影在墙上演绎,母亲满脸笑意地观看或指挥,不觉已到吹灯睡觉的时间。

赖床的早晨,最爱猫在被窝里瞅着被阳光打亮的方格木窗发呆。一行、两行、三行,太阳渐渐升高,将房前的槐树、杨树、香椿树也投映在了窗纸上,斜斜地缓缓地移动。夏天,影如泼墨,晕染开来;冬天,影如线描,笔画清丽。我睁大眼,想着这影像个啥。有时树影晃来晃去,我知道起风了,更不想起。母亲便用烧火棍敲响窗棂,冲我喊:"太阳照屁股了,该起来吃饭了!"如果哪天睁开眼,窗上无影,心便沉了下去,因为在这土坯房内最讨厌的就是阴天。

一棵树 如瓶的守口

　　太阳是最大的光源,也便投下最壮阔的影。炎炎夏日,我最爱追着影子寻凉。若紧着赶路,会贴着山脚、墙根、树下疾走,在山影、墙影、树影里享受片刻清凉,落落汗,再跑入日光,奔向下一片影。若结伴同行,我还会调皮地猫着腰躲在他的人影里。他闪我也闪,他跑我就追;兴致来了,我踩他的"头",他踩我的"头",完全失了走相,完全忘了炎热,倒是有趣得很。若有闲暇,则会畅然地躲在各种影里休憩。在闪闪烁烁的树影或阴阴实实的墙影里吃饭,读书,静坐,闲谈,是最称意的。周遭一团火,身上一片凉,这感觉如在天堂。

　　水是最美的画布,常会映出最诗意的影。水中山、水中月、水中云,自不必说,早已入诗入画。我印象最深最有趣的是村里的井中影。小伙伴们常聚在村中心的老井旁玩耍,累了就趴在井口看影,双脚翘起蹬上了天。一个个小脑袋整整齐齐地围着,井口一圈儿,井里一圈儿,在丝丝微凉中,看着影影绰绰的自己傻笑。有时会投个石子,将影儿击碎,再复圆。如今,每次回村打水,望见井中中年的我,总会心生凄凉:伙伴不知何处,影儿永不再圆。

　　隆冬傍晚,在什刹海闲游。湖面已有薄冰从玉石栏杆向湖心延展，冰水相接处，有数只绿头鸭在凫水，生出柔美的水波。此时，酒吧的彩灯亮了，岸边的树影暗了，我望一眼湖边，再望一眼湖面，景与影对称相接，虚实共生；我望一眼冰面，再望一眼水面，冰上长长的固化的影与水中柔柔的灵动的影，动静共美。灯影炫彩，树影摇曳，残荷孤傲，古桥悠远，再有鸭影划过，人影晃动，乐声荡漾，好一个京城什刹海的夜。我沿着湖岸追影而行，我的影也在交错的路灯下时长时短，时有时无，不觉失了自己，如在故乡的池塘边、老井边流连，如在加班夜归的街灯下独行，也如是牵着爱人的手伴着两个人影走向幸福深处……

诚然，影是黑暗的，永远处在光的背面，像极了生命中的冷凉。但影与光是共生共存的，有光才有影，有影必有光。那还怕什么影的孤独、冷峻、悲凉，换种心情，影亦是光的另一种表达或变奏，同样色彩缤纷，意趣盎然。

相信，有影，定有光在远处照耀。追影，就是追光，且需不懈地追下去，直至一切都成了影。

惜悦之心

白音格力

从山村人那里讨来坛子四五个,虽然不过五六十年前的,其貌朴陋,其态憨拙,但仍觉得珍稀无比。

它们大大小小胖胖瘦瘦高高矮矮,随便一摆,空空如也,却是一肚子的云水襟怀的美。有时发呆看上一眼,又觉得它们是学识渊纯的山中隐士,着布衣,喜阒默,忍贫寒,安淡泊,一生无欲无求,无缚无系。

坛子一生淳朴,任世间翻到哪一页历史,是松月照清泉的诗情韵文,或大风吹月亮的激昂杂论,它都那般率素澹静,如散韵相间的一帖闲情，随情适性。

那一刻，好似俯仰了千古悠悠，只放眼一个坛子里，足可作一生萦怀之物，可盛放谷雨、白露、小雪，可收藏清风、明月、烟云。

盛月色而清曜，藏月色而清皎，一个老坛子，敦厚温良，拳拳初心，堪可绵绵密密护心，令人安详自足。

少年时得细竹一截，会欢心地手制小笛，有板有眼，吹出响来，则欣喜如小马驹乱跳。

那时不管在村子里还是小山上，常会听到有笛声悠悠，婉转缥缈。那笛声，现在回想起来，总觉得能系住一村子的炊烟，能拴住一只上蹿下跳的小黄狗，能牵住如梭的日月过隙的白驹。

如今在城市里，是听不到笛音的。想来我只听得一次，距今已十五载。

那时贫穷，但梦想着有一个推窗见海的小房子，即使身无分文，任痴心妄想。后终于购得一处，站在阳台上，一大片的海，近在眼前，还有小山，松风吹浪花，每天在那里站一站，便觉得心神畅快，别无所求。

一棵守口如瓶的树

有一日，忽听得窗外有笛音，在海边小山上。那笛音清越，不知是谁人山中吹起。随后几次进山，只为寻一缕笛音。

十几年里，我常作山中野夫，自得其乐。我一直觉得我是被一缕笛音牵了去的，那缕笛音，在我的生命里，伴着古人的渔歌款款，樵唱悠悠，让我觉得人生从此多了不一样的风月，几分深邃，几分隽永，珍稀如琳琅。

一个素物，一件素事，不起眼，却叫人无端而喜，心神翩然。我珍惜着那样的时刻。

清人金圣叹非常珍视人生须臾之快乐，琐琐屑屑地记录了许多人生快哉事。

他于夏月早起，看人松棚下锯大竹作筒用，顿觉快哉；冬夜饮酒，寒意扑来，推窗而看，见雪大如手，亦觉快哉；重阴匝月朝眠不起时，忽闻众鸟作弄晴之声，推窗便见日光晶莹，林木如洗，更是快哉。

须臾之间，喜悦之情，不过是有一颗惜悦之心。因能向内而惜，始可向外而喜。因惜之，所以林栖者才能闻风坐相悦，山居者便能只向空山自怡悦。

懂得珍惜，走在哪里，都可以做光阴的诗酒琴棋客，行到何时，都可以拥有风花雪月天。拥有一颗惜悦之心，见水破冰，苔始青，柳半黄，花初绽，眼前便有一队一队的春天，锣鼓喧天，鞭炮齐鸣，欢欢喜喜而过。拥有一颗惜悦之心，手执一卷桃花水响，或染老宣一角暮山青、新月白，抑或坐听流水说书，明月诵诗，每一个日子都不再寻常，总有一窗水声，悦人之耳，总有一树霞，悦人之目。

孩子的月亮

孙君飞

如若月亮不是距离我们那么远、那么远,我真想摘下来当一样奇妙的玩具。

譬如,在月亮下面安装上手柄,再在它的两侧缀上两粒弹丸,就会做成月亮拨浪鼓。转动手柄时,弹丸击打月亮的鼓面,不但能够听到只应天上有的美妙声音,而且能够见到飞溅出去流转如烟花的星星。

月亮高高在上,只可远观不可亵玩,它收敛了我那颗贪玩奔放的心。

月光如水，清洗着我蒙尘的眼睛，也清洗着我心底的迷茫和忧伤；整个夜晚，村庄和旷野，看起来也无比洁净、轻盈和柔和。我喜欢在月亮底下走路，它安详地注视着我，稳稳妥妥地在天上走着，跟随我、陪伴我，不问我一句话、不提任何要求，挺放心我，信任地微笑，在把我通身照亮之前先把自己的每一个边角照亮，擦拭得一尘不染，圆满、金黄、皎洁，像最美的玉石，也像永远不会有一丝皱纹的最美的脸庞。月亮在天上全心全意地跟着我，好让整个大地任我行走；我不时地抬头望着月亮，边看边走路，却从来没有摔过跤。有时候，月亮会撞到云彩身上，它也从来不会趔趄，云彩也从来没有被擦伤过——月亮穿过灰色的和黑色的云彩，它依旧光彩照人，云彩依旧完好如初，天地之间依旧安然美好，一切又不需要去称赞或者弥补。

都说月亮的光来自太阳，我总是半信半疑。太阳照耀过我无数次，到了夜晚，我却连一星一点的光亮都散发不出来，不是需要电灯，就是需要烛火，才能方便地去做各种活动。即使月亮的光都来自太阳，月光也跟阳光大不相同，它是做了怎样神奇的转换，才能让我沐浴到如此清凉如水、轻曼如纱、静谧

一棵守口如瓶的树

如梦的柔光呢?从太阳那里得到多少,月光总会倾囊而出,而且未曾衰弱消减过,月亮一定有自己的力量和智慧,它既不是太阳的镜子,也永远不会活在太阳的阴影里。有时候我怀疑老师讲错了,至少他对太阳太偏爱了一些。我仿佛一株小草,不得不需要太阳,然而月亮最能够让我放松,月光洗浴我的时候,我不出声,心里也在唱着歌,脚步越走越轻盈,似乎我也能够化成光,缓缓地飞起来,用羽毛一般的身影掠过草地和树梢。太阳交给我们的是劳动号子,月亮交给我们的是一首轻灵蓬松、自由自在的诗。

太阳在白天攀登的高度,月亮也会达到吧,然而它偏偏低太阳一头,让我接受它的亲切和蔼。太阳走过的路,月亮也走了一遍,然而它更有惬意洒脱的一面,让我乐意跟随着它,走夜路,蹚小河,去看望外婆,去听蟋蟀,去寻觅一丝若有若无的弦音。我走在金子铺成的小路上,弯身去捡的时候,金子变成波光,荡漾出涟漪,嬉戏着我小小的贪念。与其说月亮神圣不可亵玩,不如说它启迪我的都是那些孩子气的想象。贪吃是每一个孩子可爱的毛病,我的确会把月亮想象成一张圆圆的油饼、装满水果糖的圆盖子铁盒、沉淀着奶油和果酱的圆口深瓮……月亮对我的任何想象都不会感到意外，更不会生气责怪我，别人自然没有理由嘲笑我。有时候我真想摘下月亮，亲亲它，再编一个最美丽的花环戴到它的头上。在教室里画画的时候，我会在月亮周围画上一圈鲜花，那些同样喜爱月亮、想感激月亮的伙伴，不用解释，他们也看得懂。

打开月光宝盒，里面全是奇妙温馨的故事。在月亮底下听老人们讲故事，再也没有比这更舒心、更令人向往的事情了。孩子们的耳朵躲在阴影里，却比在白天灵敏好用很多倍，老人讲到老虎，它们好像即刻就听到了远方山谷里的虎啸，连衣服的窸窣、清风的呓语、树叶的摩擦，也听得清清楚楚。月光让讲故事的声音显得尤其清晰、神秘和迷人，活跃着听众的想象力，让白天不会出现的小精灵在夜幕下若隐若现，月亮的存在让我们更加相信故事的真实——听着听着，月亮也会加入进来，我猛地一抬头，发现它是那么金黄明亮、硕大饱满，下颌几乎压偏了树梢，眼神表情无比专注恳切。老人们当然会对着月亮讲月亮，故事中的月亮和头上的月亮是同一个，也是它的无数个化身，一想到还有古时候的月亮，以及未来的月亮，我们就神思恍惚、难辨东西，却也在刹那间触碰到宇宙的广大深

邃、无穷无尽。有个孩子的鼻子尖儿忽然探了出来，被月光照亮，更多痴迷渴望的眼睛仍然躲在暗处，却神采奕奕，你看得见我，我也看得见你。

每一个跟月亮有关的故事和人物，我都不会忘记，美丽寂寞的嫦娥便是其中一个，这也是一个即使实现了飞天愿望也依然让我感到遗憾和悲伤的人物。我仰望着天上的月亮，在月圆之夜也不会轻易许愿；我早早懂得一些愿望并不是用来实现的，有时候推迟愿望的实现反而会得到长久的快乐安宁。

月亮是一个孩子的明灯，不用提在手里就很好。

叫它月亮婆婆，或者叫它月亮姐姐，它都会答应。

月亮用更像是它自己的光芒来无声地歌唱，它落入水中，可以捧在手心，却永远不属于任何一个人。它每天夜里都会抚慰一个孩子的心灵，甚至亲吻到他最深最暗最无助的地方，却又会高高地飞到天上，不让他沉溺在它的怀抱当中。

它被人们赞美过无数遍，它还是没有改变一丝一缕，既如初见，又令人感到多么亲切安详。

月亮本身就是一首诗、一幅画，太完美，太让人感到无奈折服，伟大的诗人和画家写不出它那样的诗，画不出它那样的画。

　　一个孩子长大了,月亮还是他小时候的样子。一个人走夜路的时候,走着走着他又变成一个孩子,蹦蹦跳跳的,好奇心很快又膨胀起来,他重新爱上了有月亮的天、有月光的地,心里怀着月光,有意走得更远一些,看到那些闪闪烁烁、同样被月亮祝福过的萤火虫,他的眼睛不由亮晶晶的、湿漉漉的……

观窗

李洽

冷空气笼罩下的岭南古城,在立春时节迎来一次"倒春寒"。早晨起来,我倚靠在卧室临街的窗边,头顶着窗玻璃,看着窗外随风摇晃的树、行色匆匆的路人、川流不息的车辆,感受着窗外的一切。鼻孔呼出的热气不知不觉在窗玻璃上凝成了水雾,窗玻璃便模糊了一片,窗外的动影逐渐将思绪撬动起来。

我喜欢倚靠着窗,望窗外的世界,这个习惯由来已久,可能是我更喜欢感受窗外的烟火气。每一扇窗就像一个微缩的世界，窗里的每个人都在这个小世界里一闪而过，之后便去了属于他们的世界。窗外的人形形色色，作为一个旁观者，似乎都可以在窗外的每个人那里寻找到自己的影子。被家长牵着小手的小朋友、冒着风雨骑行的中学生、一路小跑着急地看着手表的上班族、在路边提着酒瓶抽着闷烟的小青年……代入的感觉很亲切，你会关注着窗外的这些人，追踪着他们的一举一动，直至他们消失在窗户视线范围。在这扇窗里，你可以发现黑与白、静与动、悲与喜，你还可以发现冷漠与感动、闲逸与辛劳、懦弱与勇敢。当每一个不一样的人生在窗外的世界发生碰撞与交集之时，窗里的内容就如同一幕幕人间剧的某个桥段，慢慢演绎，缓缓呈现。

  窗可以分为很多种，不同的窗带来不同的观感。坐在车上，车窗外的景物随着车的前进倒流而行，一草一木、一山一河、一人一物虽一闪而过，但是终究在你的生命里留下了一窗的印记，或深或浅，或远或近，或模糊或明晰，即便你最终会将它遗忘。都说前世的五百次回眸换来今生的擦肩而过，让人不得不相信所有的相遇既是偶然，也是注定，亦是缘分。坐在飞机上，机窗外的景色分为云上和云下，云上蓝白相间，连绵

一棵守口如瓶的树

不绝,宛如仙境,云下则是绵延的山脉和江河、高矮楼房集聚的城市和乡镇,中间连接着一些稻田和树林,皆如微观模型。当云上云下之景尽收眼底之时,我们会感叹人类文明之伟大,同时亦会感慨人类的渺小,我们不过是沧海一粟。高山之窗让你感受"会当凌绝顶,一览众山小"的豪迈,山脚之窗让你体会"飞流直下三千尺,疑是银河落九天"的壮丽。海边之窗让你感受"春江潮水连海平,海上明月共潮生"的幽美,羡宇宙之无穷;林中之窗让你体会"竹深树密虫鸣处,时有微凉不是风"的静谧,悄然伫立,心静自凉。

对于历朝历代文人来说,他们对窗总是怀有一种特殊的感情,面对窗里窗外的世界或抱以一种静心欣赏的态度,或借窗抒情,无论是山还是水,是花还是竹,透过优雅的窗,洞察世间万物,追忆如烟往事,吟诵闲逸人生。"窗含西岭千秋雪,门泊东吴万里船",杜少陵笔下的雪景令人难以忘怀。"檐飞宛溪水,窗落敬云亭",李太白摆脱宠辱名利羁绊之后的闲适可见一斑。"何当共剪西窗烛,却话巴山夜雨时",李商隐对远方妻子的思念情深意切。"谁念西风独自凉?萧萧黄叶闭疏窗,沉思往事立残阳",纳兰性德对亡妻的追忆蕴藏无限感伤。一扇窗，就如一个画框，与窗里窗外之景融为一体之时，亦承载着诗人的寄托与憧憬；一扇窗，又像一个银幕，镶嵌融流着居室主人的浮生印记，人世间的悲欢离合于其中若隐若现，用弥漫着尘埃的厚重感回放着远去的岁月。

  林清玄曾说："你的心如窗，就看见了世界。"的确，窗虽小，然可纳乾坤，可吞山河，可窥日月，可存今昔。没有两扇窗里的内容是完全相同的，除非你把它彻底关上。幽蛰夜惊雷奋地，小窗朝爽日筛帘，寒意渐退，春意渐浓，对于这个万物复苏的时节，钱钟书曾在《窗》一文中写道："春天是该镶嵌在窗子里看的，好比画配了框子。"在我看来，此时从窗中看到的，也不仅仅是这一框春景了，在经历了寒冬的洗礼、春雨的滋润之后，透过窗看到的，当是一幅生机盎然、姹紫嫣红的千里江山图了。

说思考

巴特尔

爱默生说:"世界上什么工作最艰苦?思考问题。"而我认为,世界上什么工作最需要,也是思考。所以,学会思考、养成思考的习惯,应当成为一种高尚人品的修养。因为,"一个能思考的人,才真是一个力量无边的人";因为,不会思考的人很难成熟,没有思想的人很难成功。思考是灵魂的翅膀,思想是智慧的眼睛。思考是思想者的最大快乐。一个人如果没有思考的习惯,就永远不会有自己的思想。

学会思考,一要多思。这是首先的,但又是很重要的理念。英国教育家佩恩说:"如果你考虑两遍以后再说,那你说得一定比原来好一倍。"俄国诗人普希金也说:"不要着急做决定,因为你经过一夜的思考之后,会涌现出更好的智慧。"这都很有道理。所以,人只要一息尚存,便应生命不息,思索不止。

学会思考,二要深思。这是进一步的,但又是必须的要求。俗话说,深思熟虑,这是智者的思考,而深谋远虑,是思考的更高境界。其实,深思与熟虑,都离不开多思,而深谋和远虑,在一定条件下,前者是"远见",后者是"卓识"。否则,"不深思则不能造其学""不深思则不能造其道"。

学会思考,三要慎思。这是一种严肃的态度或庄严的精神。法国作家雨果说:"在深入缜密的思考中,才能发现真理。"阿拉伯作家伊木·穆加发也说:"正如人们必须有眼睛才能看,有耳朵才能听,做事也同样必须用理智思考,谨慎小心才能办得好。"当然,慎思不是优柔寡断,更不是思而不行,而是三思而后行,并像英国经济学家科尔顿所说:"要审慎地思考,但要果断地行动。"

爱默生还说:"思考是行动的种子。"所以我认为,人想飞当然是不可能的,但思想一旦插上翅膀就没有什么是不可能的。因为,"在本质上,人类史就是思想史"。思考使人类伟大,思考使社会进步,思考使事业辉煌。

书信传思慕

何小琼

偷得浮生半日闲,在家中看古装剧。剧中青春年华的少女,与心仪郎君互通书信。一个鸟语花香的早上,她眉眼含笑,红袖轻拢,素手提笔写道:"青鸟,神禽也,书信传思慕。"仅几个字,浓情蜜意缓缓流淌而出,让人心底也不禁柔软起来。

青鸟,相传是神话中西王母传递音讯的信使,意义非凡。李商隐写道:"相见时难别亦难,东风无力百花残。春蚕到死丝方尽,蜡炬成灰泪始干。晓镜但愁云鬓改,夜吟应觉月光寒。

一棵守口如瓶的树

蓬山此去无多路，青鸟殷勤为探看。"诗人的情深意切融入诗中。相见难，离别亦难，在这个暮春时节，有吐完丝就死去的春蚕，有燃烧完，滴尽最后一滴蜡油才舍得离开的蜡烛。早上对镜梳妆，年华老去，容颜不再，守夜清冷。想烦请青鸟使者，为我传递书信给朝思暮想的你。

许多年前，就背诵了这首情诗。曾经多次看到用诗句"春蚕到死丝方尽，蜡炬成灰泪始干"来形容老师，其实是用在情人身上的。都说自古多情空遗恨，可若是无情，这人生漫漫的几十载意义又何在？于是，美丽的青鸟，背负起了信使的重任。为西王母传递信息也好，为两情相悦的情侣也罢，一切都美好起来。书信，让情感有了寄托，让爱有了归宿。

在古时候，书信有着优雅的别名：鸿雁传书。清淡素雅的形容，让书信鲜活起来。关于它的典故让人叹息。

传说当年薛平贵征西，多年不归，而妻子王宝钏苦等多年，饥寒交迫，苦不堪言。某一日，王宝钏在野地挖菜。忽然听到了鸿雁鸣叫，真是声声悲鸣。这引起了她思夫之情，就请求鸿雁为丈夫传递书信。鸿雁为她的深情感动，欣然答应。王宝钏咬破手指，用血写了一封期盼丈夫归家的书信。如今，故事流传至今，真假无从考证，但这并不重要，重要的是这份情意。有人一眼千年，有人转眼即忘，自古性情中人最是难得。

书信寄托着情感，对生者如是，对死者亦是。最有名就数苏东坡，他写道："十年生死两茫茫。不思量，自难忘。千里孤坟，无处话凄凉。纵使相逢应不识，尘满面，鬓如霜。夜来幽梦忽还乡。小轩窗，正梳妆。相顾无言，唯有泪千行。料得年年肠断处，明月夜，短松冈。"离去的人是解脱，留下的是最难过的人。思念与日俱增，留存在记忆的过往历历在目。伊人不再，往事不堪回首。十年生死离别，不必思量，自是难忘。从前青丝如墨，如今白发如霜。此后不再相见，写下书信以表思慕之心。

欣赏着古人的书信情意，聆听着窗外悦耳的鸟儿的吟唱。回想如今的高科技时代，已经多久没有提笔写信，让字里行间充满诗情画意了？何不在一个闲暇的午后，沏一杯香茗，摆上纸笔，写书信一封，聊表思慕之心呢？

站立的树根

朱宜尧

根的姿势，完全是凭借树在地面以上的干、枝的生存状态决定的。

如果风要吹走树，埋在土里的树根就会拼了命地拉着树，它的姿势就是刚强而有力量，甚至有狰狞和奋力所结成的"网"，或者说盘根错节。如果一棵树能顺风顺水地生长，从未经历让人胆战心惊的狂风暴雨闪电雷击，它安逸得像一株花盆里的草、温室里的苗，它的根系也会舒朗自然，甚至会有人称之为大气。那根，看起来没有什么怨气、怒气，更不懂得什么叫盘根错节。它的自然，也成了很多人的向往。

人们喜欢"疖子"，却并不喜欢疖子的所有不平凡的经历。疖子是树的另一种花，很多小的工艺品，烟斗、花瓶、拐杖，它们的雕花都有疖子的光芒才格外不凡，有了艺术的深邃，有了难以捉摸的喜欢。

我见过树根像八爪鱼的，它抓住一个几吨重的石头，紧紧贴在石头上面，像流淌的树根。它的根露在地表部分的有着直角的弯曲，牢牢地抓住这个硕大的石头，又深深插入泥土。它的树干笔直高大，有着不敢想象的笔直，直插云霄，直耸入云。它的直，还有它的圆都可以让人惊叹。它已经有几百年历史了，这几百年中，它可能经历过洪灾，就在被洪水冲走的时刻，它抓住了这块石头，我想它当时被冲倒了，躺在石头上，等洪水消退，它开始慢慢直立。它感谢那块石头，让它有了喘息的机会，它躺在石头上调养身体，它也是懂得感恩的一棵好松树，所以它抱紧它，在地的表面上才有了难得一见的"根抱石"的奇观。

我还见过一个树根，像极了一张蜘蛛网，很多年在我脑海里不忘，每当想到一棵树，就能浮现它的样子。它原本是平躺

一棵树如瓶的守口

在泥土里,可狂风暴雨像一台风力挖掘机,硬是把它挖掘了出来。它喘息最后的生机,倔强地带着泥土,把裸露的部分呈现给森林、人间。我想它是壮阔的,它是英雄的,因为它高大,所以才遭受了更多的狂风暴雨闪电雷击,它承担了更多更坏的东西,保全自己的兄弟姐妹。它躯干清白的纹理,让人类的目光饱含深情与不安,并不时地发出感叹与敬畏。

四丰山有一棵树,是一棵年轻的树。按说它应该生活无忧,不愁水,不懂得干旱。但是,它的根只有一半在泥土里,水岸的一半,永远都在不停地冲洗它本已裸露的根。它的根能见的部分有一米之多,直立着,坚挺着,已经成了树干,支撑着树。它依然保持着松树的品格。一半的根,直立的根,本来是一种生存的优势,竟然成了生存的危机,给了它致命的伤害。

这几棵树在我的生命里一直影响着我。优与劣,见与未见,往往都给人更多深刻的思考。优,并非一成不变的优。劣,也未必一辈子都处于劣之中。那些养尊处优的往往是看不见的窒息,直到在优中死去,才有警醒。那些劣中的根,往往奋然改变自己,慢慢将劣变成了优。

看不见的事物，往往影响到看得见的事物。不能因为看得见，我们有了眼里的清楚，就自认为明明白白。它的深刻，往往是看不见的。人生就是这样，能看见的，就是能看见的。看不见的，才是生存的智慧。

　　那些看不见的，才使生命有了无限丰盈。

与菊为邻

谢汝平

深秋的菊花仿佛怒了,怎么看,都有一些忧国忧民的意思。与菊为邻,与一朵会发怒的花朵做邻居,当真要收拾好自己的心情,不然遁入喜怒无常的怪圈,一下子便会失去自我。

看怒放的菊花,会想到钟馗,水墨画的,没有挂在墙上辟邪,反而平铺在花圃里,这得斩杀多少牛鬼蛇神啊。菊花的每个叶瓣,都如剑似刀,有的还带着倒钩,看得人心惊胆寒。菊花之间并不鏖战,同类相惜的道理它们还是懂的,即使花瓣与花瓣开到一起,互相缠绕,也不会伤了对方,这比经常好勇斗狠的动物要强得多。曾经想过，假如菊花也会走路，也会走家串户，也能行走江湖，不知是行侠仗义的豪客，还是挑衅滋事的无赖，作为会点儿武功的花，刀剑不离手，大概绝不会甘于平庸隐姓埋名的。与这样的花朵做邻居，是一件幸事，不怕蟊贼骚扰，不怕流寇挑衅，也许你也在无意间也成了武林高手，想想都觉得兴奋。

邻居是要经常探望的，远亲不如近邻嘛。早上去看菊，心情会很平静，恰如遇到邻居打声招呼，仅此而已，然后各过各的生活。菊花可能并不关心你早上吃了什么，你今天要到哪里去，它不喜欢打探别人的隐私。作为邻居，在互相关心上稍微差那么点儿意思，但是这样，就绝不会让人讨厌。菊花很有绅士风度，很多人不知道绅士风度像什么样子，不妨去看看菊花。菊花是沉默的花，愤怒的表情里不包含喋喋不休的话语，对待邻居和家人，它只用眼神来提醒。菊花的眼神灼灼有光，不会媚笑的花朵若想扣住人的内心，只能靠气质，靠内里散发出的震慑人心的力量。

中午去看菊花，可以和它攀谈，不过不是一问一答的那种，菊花如何回答你的问题，取决于你问题的精彩程度。如果

一棵守口如瓶的树

是一些无聊的话题,菊花一定也懒得回答,这是一场无趣的聊天,你要不停地寻找话题,很多时候却没有回应。但这就是菊花的性格,中午难得有温暖的阳光,菊花也会放松警惕,透出一丝普通人的表情。在最适合享受生活的深秋午后,菊花似乎认出你是它的邻居,虽然没有报以微笑,但也没有剑拔弩张的紧张气氛。大概是阳光温暖了菊花的内心,使它有了一些人情味,这样的情景不会长久,因为北风在远处怒吼,寒霜在天空已集结完毕,明天也许就是一场硬仗,是天与地的,是花与天气的,谁胜谁负难料。

也有人傍晚去看菊花,想一探菊花的梦境。这是危险的事情,走进菊花的梦里,没有菊花的心态和气势,很容易受伤。人都是脆弱的,容易感伤的,有时一个人想不明白还能垂泪,幸好菊花不会嘲笑你。菊花到了傍晚,神情更加凝重,更加不苟言笑,它不知道即将到来的长夜里,会发生什么样的事,都说黑暗里会有罪恶,菊花自然提高了警戒级别。不过你不用担心,因为你是它的邻居。

风吹云动

陈晓辉

住高楼的一大坏处,就是听不到雨声风声。以前住平房,听到"哗啦、哗啦"的声音,抬眼一看,树叶都在跳舞,哦,起风了。听到急骤的"嗒嗒"声,或是细微的"淅沥"声,抬眼一看,窗外全是湿湿绿绿,哦,下雨了。

现在坐在窗前,外面只有一方天空,或灰或蓝,要看造化。我惆怅地想,人人都在怀念"从前慢",怀念以前人心淳朴,似乎是有道理的。不是吗?高楼上就连风雨也越来越敷衍了,听不到声音,看不到形状,谁知道风吹过雨来过?"夜阑

一棵树 如瓶的守口

卧听风吹雨""小楼一夜听春雨""梧桐更兼细雨，到黄昏、点点滴滴"……高楼之上全付阙如，这次第，怎一个惆怅了得？

下午看一本书，偶尔看看窗外，天蓝得并不彻底，有点儿发白。还挂着几朵云，云却也白得不彻底，像懒女子穿过未洗的白衣服，随意挂在天上。偶尔飞过一个黑点，不知道是喜鹊还是鸽子。

下午很快即将过去。偶尔再看窗外，忽然发现，那几朵云早已发生了变化。原来是松松散散如女人闲谈，东一嘴西一句，现在却挽成了一大片，像领导讲话一样逻辑严密，容不下别的云彩插一片嘴。

什么时候，它们是怎么变了呢？

我当然明白，云是最自由散漫的。稍微一阵风，就能使它们聚散起灭。但是这个下午并没有风啊，我开着一半窗户，室内一直安静如婴儿酣眠，风未来，为何云的容貌变了呢？

探身低头看，只见楼下绿树微微摇动，原来风一直在，只是未进我房中。呵，我犯了好愚蠢的一个错误——未感知到的，怎能以为它不存在呢？

空气对人的生命至关重要，人眼所见却透明无物。水晶看似晶莹透彻，但阳光映衬之下，自能反射七彩璀璨之光。

没有人看得到时间，但青丝白发的转换，朝暮之间令人惊心。

高楼之上，虽然无法"坐对当窗木，看移三面阴"，但时空变换情味不变，"坐对电脑屏，不觉窗外云"，古人雨打芭蕉也好，高楼上无声风雨也罢，我们体验的是同一种关于时间流逝的心情啊。

渐渐黄昏了。卖豆沙包的老大爷开始骑着三轮车在小区附近转悠，抚慰某个下班归来饥饿的肠胃；卖绿植的年轻人把绿萝吊兰摆在路边，给某个租房住的年轻人带去一团绿色的希望；一辆小货车驶过，明天蔬果店里会出现新鲜的蔬菜水果；一个护士开始去上夜班，某个深夜生病的孩子就会得到安慰……

从前如此，现在也如此。自然界的风吹动一朵朵云，不动声色间，把它们揉捏成各种形状，而人间的牵绊如风，以我们难以感知到的方式，不露痕迹连接起现在社会种种情感。

我还是怀念从前，那个存在于《诗经》、唐诗宋词里的美

好诗意的从前，但我开始学着不遗憾现在，这个表面热闹庸俗、实则深情牵绊的现在。

从前的风吹过去，从前的云留下来。风吹云动之间，高楼平房之内，变的是天空和云彩，不变的是人心和生活。

蓝是生命的礼物

梁新英

那日,读余秀华的诗,被"天空把所有鸟的叫声都当成了礼物,才惊心动魄地蓝"这句惊到。

鸟的叫声不同,有清脆的、婉转的、悠长的,也有低沉的、嘶哑的,所有的鸟鸣合奏一曲交响乐,成就天空丰富的灵魂,形成一种蓝,惊心动魄的蓝。偶尔,云朵担心它落了灰尘,擦了又擦,洗了又洗,天空的蓝纯净通透,漾着新鲜味道。黄沙嫉妒蓝高高在上,与风合谋,向天空发起挑战,几个回合败下阵来。风掩藏了踪迹,天空依旧蓝着,沙依旧黄着,

一棵守口如瓶的树

仿佛一切都不曾发生,让人怀疑这里曾经是否有过较量。天空讨厌雾霾,大海排斥污物,如果人类肆无忌惮,蓝就会在视线里走丢。

天空盛不下,把蓝匀给安静的河流、湖泊和深沉的大海。"日出江花红胜火,春来江水绿如蓝",惹得白居易怀想江南,点点滴滴敲打着记忆的心扉。海纳了百川,蔚蓝辽远,成就其大。有水的地方,从不缺少蓝,深沉宁静构成蓝的底色。

内蒙古高原生长出诗意。阿尔山有天池,湖面波澜不惊,蓝宝石一样镶嵌在山巅,像一滴来自天宫的泪、蓝色的泪。它的前世今生关联着一个仙子的神秘传说。夏季草原,绿浪接天而去,河流九曲回环,像蓝色哈达,随时准备敬献给远方的尊贵来客。有了河流衬托,草原绿得灵动富有生气。蓝色落在耗子花、铃兰、黄芩、桔梗的茎上,成为季节这本书的精美插图。大小各异的朵儿,无一例外扬着杯盏样的花冠,邀你共饮天地精华。它似耳朵,倾听大地心音;似眼睛,阅目苍穹。不倨傲,不媚俗,宁静淡雅,兀自美着,需近身才见其庐山真面目。恰如有人忙着谋生,心中亦有安静角落,陶然山林草野，闲对一帘月，兴起一弦琴，低调内敛，安享怡然之乐。

红、黄、蓝三原色，分而三足鼎立，合而如万花筒转动，构成缤纷世界。红色热烈，黄色明媚，蓝色不事张扬。雨和太阳造就奇迹，一条彩虹挂在天上。赤橙黄绿青蓝紫，仙女持着彩练当空舞蹈，如梦如幻。

蓝，有故事，懂得吸收容纳，所以深邃广袤，内心笃定。如果距离足够远，花草树木，山川风物，晨曦晚照，连我们人类都是蓝色；如水的时光是蓝色，厚重的历史是蓝色，删除不了的回忆也是幽深的蓝色。流年转换，大地上色彩更迭，唯有蓝始终如一地陪伴。

"青，取之于蓝，而青于蓝。"荀子如此定义老师和学生。为师者做铺路石，愿为阶梯，甘为学生脚下的肩膀，成就其伟岸。苏轼的文章清新洒脱，正好与欧阳修倡导的平实致用文风契合。欧阳修赏识苏轼——"善读书，文章必独步天下""再过三十年，不会有人再提到我的名字"。欧阳修胸怀宽广，奖掖后辈，苏轼出于蓝而胜于蓝。

佛家认为"静定生慧"，一个人内心澄澈安定，就能扫除

一棵守口如瓶的树

灵魂的尘垢，生出智慧。蓝色给人安详广阔的感觉，如果心情不好，就去看天空或者大海，蓝具治愈功能，让人心生安静，不在焦躁、烦恼的旋涡里挣扎。

蓝，是生命的礼物。

不知竹

陈国江

岳父屋东边的河边上,有一簇细竹。岳母说,是岳父挖了人家一根竹子回来栽的。自我和妻子结婚后,这竹子就一直安静地长着。每年五月,便也会蹿出一些新竹来。

竹子很细,做钓鱼竿稍粗一些。我有时砍些搭豆架、黄瓜架,比芦竹强,却派不上大的用场。

河对岸河坡上邻居家的竹子,已经长成一片,竹子很粗,可以做锄头、连枷、粪舀子等农具的柄,也可以做撑船篙子,用处很多。有一次我家连枷的柄断了,我还去跟邻居要了一根

竹子。心想着，岳父家的竹子如果跟邻居家的一样该多好，那样就用不着求人了。

岳母在世时，这片竹子的地盘一直这么大，周边伸到田里的根，都会被岳母斩断，因为要长庄稼。岳母一直想把这片无用的竹子挖掉，我说，这竹子冬天都是绿叶子，留着作风景也好看。岳母便不再提挖竹子的事。苏轼说，宁可食无肉，不可居无竹。无肉令人瘦，无竹令人俗。苏轼高雅，不仅爱竹，也一定知竹。我一俗人，没有苏轼的那种境界，但就是喜欢竹子的青翠，还有它的气节。

巧的是，靖江大女婿家的屋后，也长了一片竹子，跟河对岸邻居的竹子差不多。每年春节后大女婿来我家里时，都会带来几袋冷冻的鲜竹笋。我问哪里买的，大女婿说是自家的。每年竹笋出来时，大女婿的奶奶把竹笋挖出来，剥去皮，切成片，然后锅里放水加盐，烧开后，把竹笋再放进开水里，再烧开，捞起，沥去水分，装袋放入冰柜冷冻起来。这竹笋特别鲜嫩、味美，烧什么菜都好吃。

我一阵羡慕，又一阵暗叹。我家的竹子，指头粗的笋，怎么吃啊。罢了。大概就这个品种。就像羡慕人家的孩子成材，气自己的孩子没出息一样。

妻子说，我家这竹子，还没到大的时候。我说，我看着竹子长了三十几年了，还没到大，还得多少年才能长大，能长多大？品种如此，别再痴想了。我觉得，我家的竹子，就如抬头不见低头见的老邻居，还能不了解？

也就是妻子说这话的第二年，我家的竹子突然发生了惊人的变化。新出来的竹笋，竟然都有胳膊粗，跟河对岸邻居的竹子一模一样。我惊喜万分，欣喜若狂。竹子莫非有灵性，懂得人的心思？与竹子相处了几十年，原来我只能算是相邻、相熟，并不相知。

与人相知，要以诚为钥，走进他的内心世界。与物相知，要以恒为钥，探究物的原理。我亲眼见证了，竹子几十年隐忍不发，坚忍不拔，其毅力，其精神，令我大为吃惊，感叹！真有不飞则已，一飞冲天的震撼。这世界，这大自然，奇妙的事情太多了。我家的竹子还会给我什么样的震撼与惊叹，需要时间来回答。

今年新出的竹笋，比去年更加粗壮，茂密，层出不穷。妻子吩咐我，赶紧地，趁嫩，把竹笋挖出来，把鲜笋切成片，盐

水煮过，装袋冷冻起来。第一批才弄完，没过两天，第二批又冒出来了。第二批弄完，第三批又冒了出来。我对妻子说，不要都挖掉，留一些长竹子吧。妻子说，这东西泼皮，挖得快出得快。老竹子还有这么多，不如吃笋。还打电话叫妻姐也来挖一些回去烧肉，还带了一些给厂里的同事。

忽然想到一个老人说的话，"被子睡得断了筋，谁也不知谁的心"，比喻相处容易相知难。形容我与竹子，倒是比较贴切。如今我对竹子虽然有了新的认知，但也不能说相知。竹且如此，何况人呢！

譬如朝露

杜明芬

朝露，凝聚了一夜的月华。是幽，是寂，是云与草的误撞，是漫长的等候，是刹那的永恒。

晨醒时分，最易与几颗朝露相遇。此时，院子里的一株西府海棠开得正繁，粉色的花朵在碧绿的叶子之间悠悠地晃着，袅袅娜娜、娉娉婷婷，宛如从仕女图中走出的女子，一举一动尽是风情摇曳。这时的花自是与昨日不同，海棠经夜，染了一身的月华，花便多了些轻薄的湿意，仿若粉衣女子在江南的烟雨中抬头，一切显得朦胧缥缈而又诗情画意。于是，朝露便承

一棵守口如瓶的树

载着一份隐约的悸动，关乎诗与美的起承转合。

然朝露易晞，流光易散，诗与美的本身就是一戳即破的梦幻。当晨曦慢慢从山谷处散射，花瓣上晶莹的水珠便一颗颗爆破，幻化成烟，归于沉泥。如此，以往种种杳无踪迹，遑论深寻？

花与水的拥吻仿佛只是刹那之景，而朝露短暂的存在却犹如石子落入湖中，微小的触动在清凌凌的水面漾起了圈圈涟漪。人生如湖水，去日如朝露。正是因为生活里拥有无数个或美好或遗憾的瞬间，生命才得以永恒。如在一个深夜，少女曾经写下的心事从苍旧的回忆中惊醒，开出一片婉约。或在一个下午，他与她漫不经心的相遇被重提，须臾的对视恍若惊鸿。那些细微的触动，如深山里一条暗自生长的枯藤，不知它何时泛绿，等察觉时已开了满山的花。

朝露，是清晨的刹那欢喜，是新生旧逝，是生死轮回。提及朝露，便让人不由自主地想到蜉蝣与木槿，三者在某种意义上等同。朝露凝聚需耗费一夜光阴，但在晨光辉映之时立即了无痕迹；蜉蝣朝生暮死，存活时间仅有短短一天；木槿朝开夕落，只有一日枯荣。在隐于光阴背后的生死徘徊中，它们坦然自若，尽情地显现生命的光华。唯有体会这尽情二字，方知生命情动。于是，无数文人墨客蜂拥而至，颂其真意，描其轮廓，将世间风物的存在意义衍生至生命的记忆。

曹操在《短歌行》中写："譬如朝露，去日苦多。"借朝露表达岁月逝去已良多，暗示人们要珍惜时间。《薤露》中说："薤上露，何易晞。露晞明朝更复落，人死一去何时归。"意思是薤叶上的露珠，今日虽容易晒干，但明日又会落于叶上，而人生的光景只是单程，身死再无归期。

朝露极易消逝，只与阳光轻轻一碰便消散于天地之间了。有人说朝露是月亮告别夜色时流下的眼泪，因无法永远长明而暗自悔恨。但这世界上的任何事情都并非能从头至尾一片晴朗，悲欢离合之境才是常态。就如老舍所言那般"生活是种律动，须有光有影，有左有右，有晴有雨，滋味就含在这变而不猛的曲折里"。

我更愿意相信朝露是昨日湛蓝天空中的一团白云，它与月亮彻夜长谈之后，酣睡于一朵花或是一株草之上。朝露的出现是一种云与花草的误撞，是漫不经意的相逢，是清浅如水的相遇，是被尘世间的人偶遇的一种美。美的出现稍纵即逝，譬如

朝露，所以才更令人印象深刻。而那些消失也不是永远消失，少年的月亮永远都是他心里的那轮月亮，即使后面遇见的人再惊艳，月亮始终是独一无二的表达，他的心底永远有月亮存在的痕迹。

那些美会在某个时间与人重逢的，譬如朝露。一夜的等待漫长而又寂寞，但值得。倾城的美转瞬即逝，但见过已然足够。人生如朝露，是诗与美的完美重合，是世间的百味烟火，是一刹那的永恒！

冬曦如村酿

宫凤华

冬日闲暇,沐一缕冬阳,沏一杯绿茶,读白居易《负冬日》:"杲杲冬日出,照我屋南隅。负暄闭目坐,和气生肌肤。初似饮醇醪,又如蛰者苏。外融百骸畅,中适一念无。旷然忘所在,心与虚空俱。"内心一片波光旖旎。

藤椅老旧,负暄而坐,掬一缕冬阳,指间缠绕浓酽的乡愁。天地简净,大地删繁就简,有如老庄哲学,乡愁空阔无边。冬树素描般简洁,鱼脊般爽利,贴于灰暗天幕,如乡野老翁手背上虬曲的青筋。

一棵守瓶口的树

冬日黄昏，我徜徉村道。俯身采撷莹白芦花，枯黄的野草。芦花和草尖沾着阳光，光怪陆离，镶了一层云锦。土上有初雪痕迹，如甜蜜的吻。背后的村庄，涂满铜质的冬阳，如同古代清俊寒士，风神俊朗，高远而辽阔。

乡下古旧寒凉的小院里，阳光渲染，院角的碎陶片光彩熠熠。风声细微，清凉而贞静。屋檐下挂着玉米和雪里蕻，还有母亲新腌的腊肉。竹匾里晾晒着面粉，雪般晶莹温润。寒雀在瘦枝卿卿我我，犹如几逗淡墨在白宣上洇润开来，让人无比惬意、恬适。不禁轻吟起秦观的《满庭芳》："斜阳外，寒鸦万点，流水绕孤村。"品咂清寒孤高的意韵。

张晓风说："我喜欢冬天的阳光，在迷茫的晨雾中展开。我喜欢那份宁静淡远，我喜欢那没有喧哗的光和热，而当中午，满操场散坐着晒太阳的人，那种原始而纯朴的意象总深深地感动着我的心。"

老村身后是圮废的村小，有硕大的操场。园门里的雪松，守望一方风月。围墙斑驳，涂上岁月的风尘。村童倚着南墙挤暖和。吆喝声惊飞檐下麻雀，扑棱棱乱飞，搅碎一地阳光。窈窕村妇就着冬阳做女红。木桌上摆着花布、线脑。刘海整齐，长发束起，如古代仕女，人与花一样安静。冬阳包裹的村庄，民歌轻扬，民风清冽，田园牧歌，温婉风情。

大雪初霁，乡下阳光充沛，洗濯着负暄的老人和老茧般的时光。村庄像慵懒的少妇，长发披散，轻启朱唇，打着哈欠，推开柴门。冬阳暄软，如新摘的棉花，从天空一直铺到地上。村庄里那质朴、单纯的品性和时光，源于冬阳的洗涤。

皤然老翁，倚墙负暄，诉说陈年往事，微尘旋舞，花猫眯缝着眼，光阴缓慢流淌。阳光轻抚，有一种丝丝入扣的关怀，鹤发童颜，再现李颀《野老曝背》："百岁老翁不种田，惟知曝背乐残年。有时扪虱独搔首，目送归鸿篱下眠。"

春阳温煦，如怀春的二八佳人，你侬我侬，缠绵悱恻。夏阳炽烈，如热情火爆的吉卜赛女郎。秋阳坦荡，如临盆的媳妇，有收获后的欣慰，有妆楼颙望的惆怅。冬阳甘醇，如出嫁的娇娘，娇羞难掩，一抹酡红，吉祥喜庆。冬阳流露出成熟和祥和，是一种明亮而不刺眼的光辉，一种不理会喧闹的微笑，一匹轻滑的江南丝绸。

"冬曦如村酿，奇温止须臾。"冬阳是牵肠挂肚的佳酿，漫溢着微醺的诗意。冬阳是《诗经》中的悠悠清韵，是宋词中的

一棵守口如瓶的树

温婉小曲,是元曲里的叮咚山泉。冬日内敛节制,如人过中年,隐去喧嚣和浮躁,现出水墨气质。冬阳照在土墙上,有一种即将褪去的娇羞,清冷中的温暖,洇出一丝淡淡的惆怅和寂寞。

常常瞥见街巷一隅叫卖爆米花的老者,状如乡下炸炒米。炒米和蚕豆,最是暖老温贫之具。老人生意惨淡,神情笃定,如一幅宋画。一缕浓稠冬阳敷在他身上,古陶般厚重、熨帖。伫立凝眸,不禁生出一缕苍凉和乡愁,也生出一份现世安稳、冬日晴好的喟叹。我知道,春天就躲在冬阳的背后。

风轻
半山月

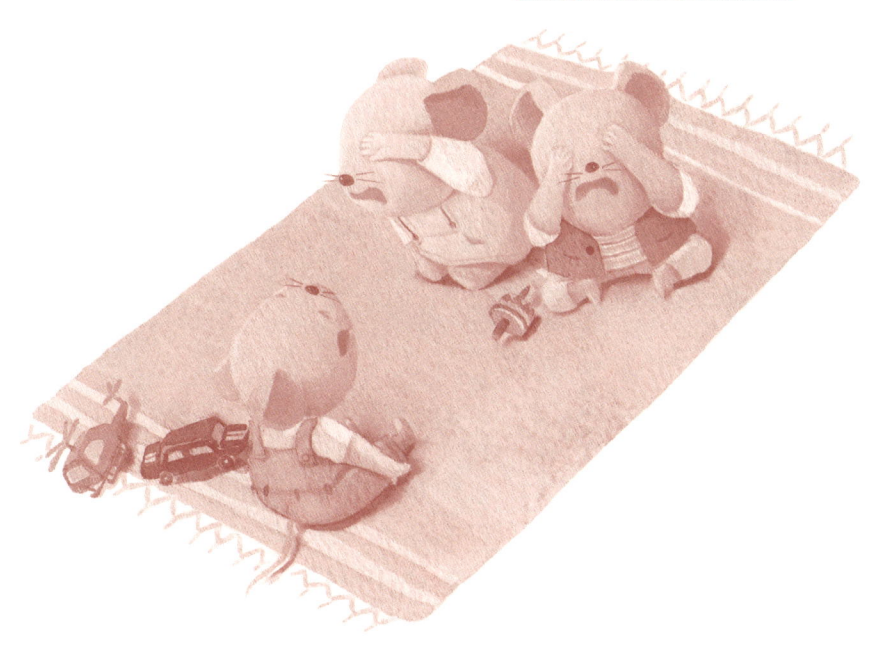

到山顶

丁肃清

去了三次云梦山，三进云梦山。

云梦山是太行山的子山，八百里太行，如云梦山这样的山密密匝匝、巍峨连绵。驱车107国道或京港澳高速，极目西眺，即可见太行一脉青山如黛、巨龙般地横卧，把大地分隔成不同的样貌，其西黄土高原，其东是华北平原。

第一次邂逅云梦山，是春天，陪二三友人览山阅景，友人们兴趣盎然登顶去了，我在山间树荫下独坐，听瀑布轰鸣，观溪流潺潺。云梦山的水即是一景，除涓涓细流、飞瀑溅玉之外，还有山腰平湖，静谧如镜，婆娑树影倒立其间，为这山涧平添了几分宁静。

云梦山这水，是源自山顶的，山顶上有一泉，碗口大小，千年流淌，源源不断。此外，它还有个特点，一泉润两省，山那边是山西，山这边是河北。如往历史深处说，那就是它流经了两国，西为晋，东为赵。就把此视为这泉的妙处吧。只可惜我这只是听景，并没登顶看到过那山泉。

二进云梦山，是秋天。和这几位老学生同往赏红叶，正是漫山红叶时，都禁不住大发诗兴，连毛主席的诗都吟了：看万山红遍，层林尽染……由红叶又说到这一山的水，自下而上，分为四重，碧溪幽谷"下壶天"、峭崖飞瀑"中壶天"、水帘仙洞"上壶天"、天上人间"天外天"。禁不住问：咱们登到了哪重天了？回答说三重。抬头望，"天外天"好像已近在咫尺，但山路远近不是靠目测，又是天色将晚。大家约定，明年春暖花开时，重游云梦山，山顶观泉，围泉而坐，一壶老酒，几碟小菜，畅怀尽兴。即便没看到山顶泉，但也不虚此行！三重山处，我们观摩了鬼谷子，确切说，观摩了鬼谷子的讲经洞。山不在高，有仙则名。这位仙，鬼谷子也，此山就是这位纵横家

鼻祖的道场，他弟子五百，不乏大名鼎鼎、成大气候者，苏秦、张仪、孙膑、庞涓、毛遂、李牧。这些学生，是否曾经在这个讲经洞听过老师的课？什么姿态？什么表情？无可考证了，自由想象也罢。中华文化，除文字考证外，还有口传身授，讲经洞在此处，不在彼处，当地人都深信鬼谷子的能耐，可呼风唤雨，可斩草为马，可撒豆成兵。

神人，神话。

中华文化中，好多神人，好多神话。

三进云梦山，是为践约而来？说到底，是为登顶而来。

这次是驱车上山，省了不少的力气，却增了几多的心惊胆战，盘山路弯弯曲曲，绕来绕去，横看是重叠皱褶的群山，垂目则见万丈沟壑，不寒而栗，不得已神经线绷得紧紧。马克思以走山路比喻搞科学，把他这句话倒过来，用说科学的话形容走山路：在科学的道路上没有平坦的大道，只有不畏艰险沿着陡峭山路向上攀登的人，才有希望到达光辉的顶点。

我们就是沿着陡峭山路向上攀登的人。

同伴指山腰间一抹圆窟轮廓说：看！那就是讲经洞。又见讲经洞！从不同的角度，感慨这时光，行走了千年万年，却始终没有走出大山，只有大山可以贮藏历史的模样。鬼谷子，这位纵横家老祖，他千年前坐在那个圆窟中，千年后还在这坐着，壁立千仞之上、云雾缭绕之中，产生的智慧和思想，天造地化。

我们登上了山顶。我们的车停在山顶的最高处。

这个山顶，恰似一方高高在上的平地，没有无限风光在险峰，没有横看成岭侧成峰，看不到山峦峰影，它们都倚靠隐藏在这山的身前背后了。正所谓，一山是一山，山山各不同。在这山顶上，可见草甸，可见房屋，可见农田，可见店铺，可见道路，可见线杆，可见荷锄的大叔、抱娃的少妇……这里有不曾想到的发现。脚下路边，有丛丛低矮的蒲公英，开着一朵朵小黄花，闪亮在阳光下，金箔似的。

山峰不一定都是尖的。

什么叫远离尘世，什么叫登高望远，什么叫灯火阑珊，什么叫默默无闻，山下人没有的什么，都在这里了。到山顶，是为欣赏山顶的风景，而真正到山顶，也就没风景了。山脚下看山，半山腰看山，看到的是山，山顶上看山，就没有山了。

这是不是想入非非了？或许，这里的石头、花草、牛羊、

稼禾，还有人们，什么都没想，各种理由让它们和他们生活在这里，高高在上。用王安石的诗对其做形容吧："终日看山不厌山，买山终待老山间。山花落尽山长在，山水空流山自闲。"

我们游走在山顶，我们都悠闲地用手机拍照，这个角度、那个角度，这块地方、那块地方，把远远近近的细节摄入镜头，照片都自动显示区域，无意中发现，所拍照片显示的区域各个不同：信都、和顺、昔阳，两省三地！这就是说，在一座山、一个山顶上，两省三地，和谐相处，不分你我，同饮一泉水。那泉水，悄无声息，制造着漫山的生动，飞瀑隆隆，树木葱郁，溪流涓涓，鸟鸣声声……万物都在相互致意、对话。

那泉呢？

最顶峰没有泉，它隐藏在山巅的稍低处，在乱石间、密林处的某个地方。我们向正在打草的妇女问路，她操着一口带有浓浓鼻音的山西话，指指点点，往那边、再往那边、从那边往下走……

观赏它还要费一番力气，但没有料想到会费如此之大的力气！扶着嶙峋的岩石、树木，小心翼翼地往下走，往下的路基本上不是路，乱石、树杈、泥泞，九转十八弯。腿软了，腿在发抖，时而摔倒匍匐在地，不往下看，身旁大多是悬崖。

我在想，古人今人，与这泉遇见的人们，都是这样的吗？我止步，对走在前面的同伴说：我不去看了。他们鼓励再坚持一下就到，但我没有力气了……返回山顶的过程，那般窘态，不言而喻。

人很累，是因为欲望，因为猎奇。山不累，千万年静静地坐落，如老子说：致虚极，守静笃。

到了山顶，就该下山了，可把此作为物极必反的另一种解读。我们从山脚下回望那山顶，噫吁嚱，危乎高哉！山顶气势雄伟，铺天盖地，我们曾到达过。没看到那泉是遗憾。留点儿遗憾也好，事物常常是这样的，最魅力最有意义的，是经历，而不是目的。对所向往的美好，最好是别走进它的极处，给憧憬和希望留下余地。

山水疗疾

赵典

山水自关人意,人自钟情山水,山水是中国人的知音。

中国人对山水情有独钟,留下了许多与山水有关的典故与成语:"高山流水遇知音""山清水秀""智者乐水""仁者乐山"等等。中国自古就有向山水觅知音,躲避俗事纷扰,安放灵魂的生存、养生之道。诗词达人更是泼洒笔墨借山水抒情,抒发对山水的向往:"采菊东篱下,悠然见南山""无边落木萧萧下,不尽长江滚滚来"。更有大文学家们直抒胸臆,说山水不仅可以怡情,可以言志,还可以疗疾。林语堂说,山水如药。明代著名文学家袁宏道曾幽默地说："湖水可以当药,青山可以健脾,逍遥林莽,欹枕岩壑,便不知省却多少参苓丸子矣。"袁宏道一生创作了大量山水游记,在他笔下,秀色可餐的山光水色,皆着笔不多而宛然如画,山水成了他精神的慰藉和寄托,更成就了他的"性灵说"美文。

江河养气,山水疗心。古代文人士大夫仕途官场失意后常常结缘山水,现代人也常常把疗养院修建在依山傍水之地。可见大自然本身就是座疗养院,曼妙风景可以通达血脉,疗疾去病。

"闭门读书,开门迎友,出门寻山水",此人生三乐,不仅令古代文人雅士向往,近些年也成了越来越多现代人休闲养生之道。在工作之余,或一个人独行,或全家自驾,或呼朋引伴走近山水,不失为放松心情、强身健体、旷达胸怀的好方式。

在现代社会中,身处钢筋水泥的丛林,生活压力如座座山峰,如果你感觉透不过气来,或者觉得自己就是块天然的脱水"怪石",在人群中呆板、木讷、了无生趣,套用贾宝玉的话说,是山水做的骨肉,一见到自然界的山水就神清气爽,一看到红尘俗世的物欲横流便昏头涨脑、进退无门,那么,走近大自然吧。在亲近山水中，炼筋骨，阔胸襟，浮躁促狭的心绪会变得安宁，沉闷抑郁懒惰的身体如注入了提神剂，神清气爽。在喧嚣熙攘中，不管你怎样的"呆板"，一投入山水的怀抱，你便会如清冽山溪底部清灵可爱的石子，时而漫过似水柔情，时而浸染山花烂漫，你的心情会五彩斑斓，面色清朗，仪态万方。非但如此，自然界的造化又会不断删去你骨子里的闭塞与羞怯，令你豪气坦荡，磊落正气，添真君子风范。

投进山水的怀抱，任情感的脚步在高山流水间游刃，任天地的精华淘洗你的粗糙、愚顽。一次次，一回回，你会日渐光洁动人，成为一块既个性鲜明又逼人眼目的通灵宝玉。

如果你正处于人生的磨难期，心灰意冷，对美好生活丧失了信心，那么，也走近山水吧。山不转水转，向山水学会转身的方法，转变思想，逆境也许会成为转变契机。当有一天，出现峰回路转，你会惊讶地发现，不知不觉中，你找到了自己的梦想，而且，你已变得更加坚强。

行走山水间，山是故友，见与不见，它都在那里。水是流动的情，走着走着，有的渐行渐远，有的擦肩而过又念念不忘，此所谓心心相印，惺惺相惜也。

且向山水觅知音，在人生的旅程中，与山水为伴，与山水相交，向山水学习。如果暂时摆脱不开眼下现实的羁绊，不妨在心里构建一处青山净水，忙里偷闲驻留片刻，放松身心，从山川草木的智慧中领悟生命的真谛，越走越远，越走越快乐，保持乐观的初心。

山中何所有

张云广

旅行的意义在于能够创造机缘,遇见一个更真实也更自由的自己。登山旅行尤甚,登一座罕有人至的无名之山则更甚。

于浸染红尘日久的人而言,登山不只是一件具有仪式感的事情,更是一种有着实在价值的行动——每向上登攀一步,就离一个更为本真的自己近了一步,就距人类"自然之子"的最初身份近了一步。

山中可以赏花。多才的诗人们以其诗句中清新迷人的意象一再地向世人发出邀请。王维说,"人闲桂花落";刘禹锡说,

"山桃红花满上头"；欧阳修说，"杏花红处青山缺"；赵鼎说，"山溪野径有梨花"；陆游说，"小山榴花照眼明"……

山中可以看云。"山中何所有，岭上多白云。"因为热恋着山岭之上卷舒随意的朵朵白云，陶弘景婉拒了皇帝请他下山担任要职的美意。白云片片，铺陈蓝天，带着千载不变的悠然和恬淡，像极了在山中看云的散淡闲者。看云的闲者自然还有王维。诗句"行到水穷处，坐看云起时"中，既有悠闲的性情，也有深邃的哲思。

郁达夫在《住所的话》一文中这样写道："到了地旷人稀的地方，你更可以高歌低唱，袒裼裸裎，把社会上的虚伪的礼节，谨严的态度，一齐洗去。"

甚至，还可以选择一座野山，住上一阵子。想不出哪首诗歌中出现"山"字的频率能超过元人孙周卿那首《双调·蟾宫曲·自乐》了。

家住何处？答曰："草团标正对山凹。"几间茅屋盖在山坳中，从此脚步就再也无须走出大山了。烧些什么？答曰："山竹炊粳。"燃料也不必下山取，山上自生自长的野竹子就是极好的燃料。

喝点儿什么？答曰："山水煎茶。"一杯复一杯，香茗入口自可怡悦身心长精神。吃点儿什么？那就更丰富了。你看，"山芋山薯，山葱山韭，山果山花"，如此之多的美食，自给自足可也。

"山路元无雨，空翠湿人衣。"旅行入山中，山气所浸润的，岂止是人的衣衫？应当还有人的气质与心灵。摇首出红尘，时常近山林，不知不觉间，一片云海就长久地飘浮于你我的胸中，心空则是浩然如浸一轮明月。而自己，也就成为山中一道纯净且妩媚的风景。

山中何所有，有良辰美景，有赏心乐事，有自然之子的身份回归，有一个更好的时空机缘来雕刻更好的自己！

月亮落在树梢上

张淑清

月亮落在树梢上，父亲扛着一把锄头走回院子，月色将他的身影拉得很长很长，身后是比身影更长的路。狗哼了一声，就咽下再叫的欲望。它从迎面吹来的风里，已经识别出父亲。那些由泥土，汗水，以及旱烟叶子掺杂发酵的气味，村子的狗熟悉，草木也熟悉。一粒米，一朵花都清楚，那是父亲的味道，一个村庄的气味。昨晚的时候，父亲就收看过天气预报，今天晴朗，万里无云。无论刮风下雨，父亲必然去地里走一走。看不到庄稼，他坐立不安。吃过一碗玉米粥，父亲就出

门了。父亲出门时，日头刚醒，在山坳抻一下头。村子的鸡鸣倒是很早，嚎一嗓子，树醒了，再吼一声，河也醒了。井没有废去，它照常被一只铁桶或者水管拎着，吸着。搬到地面，浇一浇菜苗，让一些牲口解解渴。倒入一只泥瓦缸，等着一瓢一瓢舀进锅内，进行一日三餐的烟火。父亲的衣襟上仍粘着昨晚的月色，嗅一下，有麦香，有菜芳，有一条河的歌音，有野鸟划过的爪印；有蛙声停在衣袂，也有一滴一滴露水落下来的扑哧扑哧。

父亲肩上搭着一条毛巾，脑袋扣着一片山芋的叶子，叶子湿漉漉的，刚摘来散发着清新的气息。趿拉着拖鞋，左脚拖鞋和右脚不是一对，鞋的襻带也坏了，被一根破麻布固定着，他管不了这些，只要能穿就行。父亲舍不得丢弃和他生活了很长时间的物什：窗台上躺着豁口的镰刀，柜子立着不走针的老座钟；木头匣子上卧着20世纪60年代的一块旧手表，老房子换了两茬瓦，换汤不换药。这一件件物什，和父母息息相关，每一件物什都有一个鲜活的故事，它们陪着父亲和村子，一起慢慢老去。

父亲重复着昨天走过的路，那些弯曲的，笔直的，坑坑洼洼的小径，仿佛生长在父亲身体里的脉络，它们一条条，一根根直达人的灵魂。和父亲一道接受尘世的凄风冷雨，荣辱变迁。随意扯起一根，都会说出很多经历。一条路没人走了，就荒掉了，被草堵死。那条路上死过人，死过牛马骡子，也死过几只老鼠和几条蛇。之所以荒了，原因很简单，路死了，死了的路，谁走谁晦气。父亲不信邪，父亲说，哪条路不死人？再豪华的房子也睡过死人。生生死死，本来是自然规律。能让死人复活的，除了神，不会有其他任何一物。人既然是人，就不该被死去的人吓住。父亲走村里人不走的路。他独自修好那条路，用锄头和犁铧，开出一处田地，种上谷子和糜子，还有荞麦。秋天了，收回家，总留一部分在地上，不割。让那些鸟儿来吃，每年如此。父亲在大地上种庄稼，收获粮食，也在默默地修行。父亲修的路，走到他这一辈，就没人走了。我们选择城市，住下来。住的鸟笼，像挂在一根根失去精髓的树干上，被规划的几棵树，和我的命运几分相似。月光偶有落在树梢，月亮不及村庄的浑圆和悲壮，缺少什么呢？也许是一种精神与气场。我就是借着这样弱不禁风的月光，给住在城市的日子写几首诗，写一篇篇小说，聊

山月风轻半

以自慰。深夜下班的小巷，踩着纤细的月色，不至于迷失回家的方向。田里的庄稼灌浆，穗子一天比一天结实，天庭饱满，地阁方圆。

父亲与它们形影不离，这个季节，谷物需要父亲的陪伴。垄上没有一棵杂草，一块石子。父亲在地头，坐一坐，如禅，植物也喜形于色，心底踏实。大多时候，父亲卷上一支喇叭筒烟，一边津津有味地抽着，一边眯着眼，欣赏着他的江山。这一棵棵庄稼，像他俗世里的儿女，亲切又落落大方。父亲了解它们的习性，身上的每一个变化，刀疤或者风留下的伤痕，冰雹击打的淤积。这棵稻子被马蹄踏过，至今直不起腰。那株玉米被一个车轮碾压过，它不肯屈服，跪着朝上伸展。父亲喜欢在月亮升起来时，和作物促膝长谈。他们相依为命，不离不弃。月光下，父亲语速缓慢，不急不躁，藏住平素的火暴脾气，说一会儿，停下来。与它们对视一番，会意一笑，眸子里盛着世间最美好的深情与悲悯。父亲在地坝逗留很久很久，月亮偏西才轻轻推开房门，进得屋子歇息。父亲蹑手蹑脚经过我们的炕前，带进一阵风，风里是粮食的馨香，是大地上好的、不好的消息。还有一丝清凉，那是一滴上帝的眼泪，承载着人测不透的忧郁和悲欢。只是那样的夜晚，多年以后是用来怀念的，我们习惯在时光隧洞，伸手一掏，就是一颗皎洁如初的月亮，月亮落在村庄的白杨树上，守着月光的人愈来愈少，他们毅然决然去了远方。

年少时，我们跟着父亲，跟着一匹犁地的马，跟着飘浮的白云，在大田内走来走去。天蓝得一尘不染，父亲在前，我们在后。一天的时间，在大田里度过，月亮落在树梢上，马来了，又去了，把地蹚了一遍又一遍。马车和犁铧穿过田野，穿过浓烈如酒的月色，将谷子、豆子、稻子、麦子运回家。马和父亲们如出一辙，经常披星戴月，辛勤劳作。马累得筋疲力尽，月亮下，吃一口草料，沉思半天。白昼基本没空思考，父亲何尝不是？父亲弄不懂的问题，说给马听，马和父亲推心置腹，在月光如水的晚上，分不清他俩有什么不同。父亲在村庄，活着活着就成了一匹老马。马呢？活着活着最后被一柄刀收割。他们可以共赏一轮月，在绵长的光阴里彼此称兄道弟，疗疗伤。村庄有树，月亮一来，落在树梢上。我在月上柳梢头时，和一个男生约会。海枯石烂，十指相扣，最终，他的月色里，没有我，我的月光下住着另一个

人。我们一别两宽,再无瓜葛。或许,此刻,他和我一样,静静坐在月光深处,凝思与遐想。只是树早被砍伐,做了家具,剩下的成了烧柴。没有树依着的月亮,它如我一般,孤独,惆怅,失去故乡。

风轻半山月

杨福成

夜深回家,如果是有月亮,我很喜欢在山前的那条路上多走会儿。

原来,这是一条很窄的小路,两边长满野草,中间被踩得光秃秃的。走在上面,有轻微的风伴着,时而,草丛中还会蹦出泰戈尔或者黑格尔的精美语句来。

一边行走,一边咀嚼,弄不清是草在思想,还是我在思想。

后来,山里盖起了好多楼,住的人多了,小路不见了,取而代之的是宽阔的大马路,少了很多诗意。

山月风轻半

想想，这些年来，少了诗意的又何止是一条路呢？小河的诗意，花园的诗意，读书的诗意，咖啡的诗意……也都少了。

少了就少了吧，我还照样喜欢在月下的山前走走。

没有了草丛的陪伴，就会多看一眼山，多看一眼月，多听一丝风。

深夜的山特别安静，这时候，白日放羊的老汉早已睡了，羊也早已睡了。你可以想象，一只羊挨着一只羊，就像一朵云挨着一朵云那样曼妙。

是的，羊群就是天上掉下的云朵，它们和山一起演绎出一段段诗意。

月光下的山，除了诗意，还有智慧，它起起伏伏，波波澜澜，月亮无论挂得多高，都只能照亮它的一半。

山不语，却能让人悟透禅机，世界上的东西从不会十全十美，无论怎么审慎，都会留有缺憾，在抉择中选择得到"一半"放下"一半"，最好不过。

月照下的风也是充满智慧的，你听它轻来轻去，不留痕迹，它是不是在说，有些事，不要太在意——江山万里，只眠一方瘦土足矣；天高云阔，只剪一片朝霞足矣；波翻浪涌，只采一朵浪花足矣。

风轻半山月,霜重一窗花。孤坐寂寞里,冷眼看繁华。

黑格尔说,无知者是最不自由的,因为他要面对的是一个完全黑暗的世界。

月下的山是那么静美,月下的风是那么轻柔,人为什么要做无知者呢,世界又怎么会是完全黑暗的呢?

鸟落枯枝

王吴军

我是一个非常喜欢树木的人。在我家的院子里，栽种了很多的树，在这些树中，我最喜欢的是房子南边的那棵香椿树。每年到了深秋时节，我担心冬天的寒冷会把这棵香椿树给冻坏了，于是，我总是用干枯的玉米秸秆把这棵香椿树的树干紧紧地包裹严实。即便如此，到了寒冬时节，我依然会时常不厌其烦地在这棵香椿树旁边查看，生怕它被冻坏了。

让我欣慰的是，这棵香椿树一直长得非常好，它总是能安然地度过每年的寒冬。但是，在春寒料峭的时节，当我认真端详这棵香椿树的时候，会非常郁闷地发现它的枝干上有一些非常细小的嫩嫩的枝条竟然在一夜之间变得萎靡了。不过，即便是变得萎靡了的枝条，经过了几场温柔的春雨滋润之后，也能够绽露出充满希望和生机的嫩芽。

今年的冬天冷得早，而且持续低温，温暖似乎姗姗来迟，天气显得非常寒冷。这寒冷使得这棵香椿树显得更加萧瑟。难道这棵让我时常用心呵护与浇灌的香椿树真的难以承受住这冬天的严寒？正在我为这棵香椿树担忧的时候，又是一场寒风来袭，香椿树的处境更加艰难了。

几天之后，我忽然发现这棵香椿树上出现了一根颜色灰暗的树枝，像是一只干枯的手指从四处伸展的枝干中伸向天空。啊，这竟然是一根枯枝。

从此，我每天只要有闲暇，就站在这棵香椿树下望着这根枯枝发呆。我盼望着这根枯枝能够出现奇迹，恢复勃勃生机。望着这根枯枝，我经常用耐心来鼓舞和说服自己。的确，曾经有许多次，就在我准备放弃一丛看似枯萎的植物或者是一棵眼看就要衰败的花草的时候，它们却总是出乎我的意料，竟然又会生机勃勃地长出了葱郁的新的枝叶，开出了新的花朵。曾经有好几次，当我在院子后面的原野里非常沮丧而又极其无奈地将一些被冻坏的植物连根拔起的时候，却无比惊奇地发现，它们的根须却充满了柔润的生机。每当这样的时刻，我总是会对自己过早下结论而无比后悔。

这一次，面对这棵香椿树上的这一根枯枝，我不再过早地下结论，而是非常耐心地等待着。

又是几天过去了，我却始终不见这棵香椿树上的这根枯枝有什么充满生机的变化。于是，我找出了修剪树木的剪刀，准备剪掉这根没有希望的枯枝。正在我准备去剪掉这根枯枝的时候，一位朋友来访。我只得停住了手。

等朋友告辞离去之后，我再次拿着剪刀来到这棵香椿树下，准备剪掉它上面的这根枯枝。这时，只见一只小麻雀占据了这根枯枝的枝头，小而可爱的脑袋还在十分灵活地左右摇晃着，仿佛在认真查看着这里的环境。说实话，我还是第一次如此近距离地观察小麻雀。它的羽毛虽然并不鲜艳，却丰满而柔顺，它的眼睛虽然不大，却非常明亮。没想到，这只非常普通的小麻雀，此时却是那么可爱而迷人。我不忍心将这只小麻雀惊走了，剪掉这根枯枝的事也就只好作罢了。

到了第二天，一只非常好看的斑鸠飞落在这根枯枝上，昂着头"叽叽喳喳"地叫得非常欢快，而且，它还时不时地冲着站在香椿树下的我非常嘹亮地叫上几声。我的脸上露出了愉悦的微笑。

两天后，我发现一只黄鹂鸟停在了这根枯枝上面，乐呵呵地发出了悠扬而婉转的鸣叫。在此之前，这只美丽的黄鹂鸟一直在我家的院子里逗留，然而，无论是在房顶上，还是在院墙上，我一直都找寻不到它的踪影，现在，只有当它站在这根枯枝上的时候，我才得以一睹它那悠然而美丽的风姿。

终于，我放下了准备剪掉香椿树上这根枯枝的剪刀。

原来，鸟落枯枝竟然是那么美的一幅风景。

我想，在生活中，根本就没有必要把树上的每一根枯枝都剪掉，即使是那些没有生机、不会在春天里萌出绿意的枯枝，也同样能给人们带来无比美好的愉悦。小麻雀、斑鸠、黄鹂鸟，都可以落在枯枝上，尽情展示出美丽的风姿。也许，还会有一些别的更多的美丽的鸟儿会飞落到枯枝上歇息，唱出它们委婉而动听的歌。

世间的许多事情，没有人能够说得清。树上的枯枝，和世上的那些普通的人一样，对于这个世界都是非常有用的。

　　真的，就像这棵香椿树上的这根枯枝，谁能说它是没用的呢？

闲倚窗台听春雨

邱俊霖

"好雨知时节，当春乃发生。"每当春回大地的时候，伴随着连绵细雨，故乡的雨季便轻轻地来到了人间。

霏霏春雨总爱在夜里悄悄到来，春天的雨不像夏雨那样滂沱，不像秋雨般清凉，更不似冬雨般刺骨。春天里的雨，是淅淅沥沥的小雨，它是温柔而富贵的。春雨默默滋养着干涸的土地，万物都在春雨的润泽下焕发出勃勃生机。丝丝细雨如烟如雾地笼罩着草木，又如万条银丝，飘落在屋檐，屋檐上掉落一排水滴，"滴滴答答"落入水沟，最后顺着沟渠汇入池塘。

从小读宋末词人蒋捷的《虞美人·听雨》："少年听雨歌楼上，红烛昏罗帐。壮年听雨客舟中，江阔云低、断雁叫西风。而今听雨僧庐下，鬓已星星也。悲欢离合总无情。一任阶前、点滴到天明。"便感觉到古代文人墨客笔下的细雨，总是和"愁思"难解难分。或许正是因为如此，我对于连绵不断的春雨总有一种难以名状的特殊情感，倚在窗台静静听着窗外的雨声，我总是难以平静，春雨很容易将我的思绪带回到过去的时光里。

"烟暖土膏民气动，一犁新雨破春耕。"童年时的雨季，是耕耘的时节。一阵春雨带来一阵温暖，当雨季来临时，正是农忙的时候。穿上雨鞋，披上油衣，戴上斗笠，和长辈们扛着锄头走在乡间的小路上。

春雨如甘露，无声无息飘落，滋润着阡陌中含苞待放的花蕾，小雨珠飘落在春草上，晶莹剔透地滚动着，犹如千万颗闪烁的珍珠。春雨如油，在这蒙蒙细雨里插秧的我们，仿佛也变成了春日里的一滴雨，与美丽的大自然融为一体。

"效原眇眇青无际，野草闲花次第生。"老家多山地，春日雨里，山坡上都披上了新绿，人们开垦的梯田迎着温润的春风散发着泥土的清香，花草的芳香亦弥漫于田间。烟雨朦胧之中的梯田装点着新绿的大山，春意盎然。

稻田旁的池塘碧波荡漾，春雨像蜻蜓点水般地洒落池塘，春风轻拂时水面也荡起层层涟漪。稻田与池塘通过水沟连通，插秧后放下鱼苗。稻田把鱼儿养得肥美，稻花开时，便是收获"稻花鱼"的时节。

微微细雨里，双双呢喃的燕子在屋梁下衔泥搭筑了新巢。此时正是采摘艾草的季节。田间地头的艾草青翠欲滴，用艾草泡脚既可保健，也有助于睡眠。最嫩的艾叶则口感最佳，做出来的艾米粿也是最香的。当绿若翡翠的米粿热气腾腾地出锅时，任谁见了也垂涎三尺，咬上一口，香糯柔软，满口都是清淡悠长的香气和绵雨中浓浓的乡情。

少年时，当绵柔的春雨落下的时候，我总喜欢在小城古街巷的小店里喝着米酒，与伙伴们谈论着高远的理想，又或是在某个清晨，吃上一碗浇上猪骨汤的米粉，想象着自己未来的梦。那软中带韧，醇滑爽口的米粉似乎和温柔的春雨交融在了一起。

春天的旧书店总是挤满了人，微微泛黄的旧书散发着陈旧

的味道。旧书店里的光阴让我沉浸于武侠的世界里，又或是遨游在历史的海洋里，似乎忘记了窗外的淅沥细雨。

被烟波吹散的春雨像绢丝一般，又轻又细，春雨里的古街变得格外美丽。在小巷斑驳的树影下，撑起油纸伞的婀娜少女似乎在男孩们的心中掀起波澜。春雨惊艳着岁月，也让时光变得温柔。

后来的春雨，在时光的隧道里，洗涤了我们身上的孩子气。雨水打湿了异想天开的梦，不切实际的理想也如同断了线的风筝飞向了远方，那些年的回忆如同经年的美酒，绵远悠长。

每一段时光里的春雨都会带给我不同的感受，如今，又到了春雨绵绵的时节，闲倚在窗台听着窗外温柔的雨滴声，我仿佛又看到了自己似水的年华。

春雨总是象征着希望与活力，但却又总能激起人们心中浅浅的牵念，让人们心中荡起层层涟漪。春雨年年如期而至，但是童年和少年，却是回不去了。

草木的恩典

曹春雷

回乡下，帮母亲收秋。要到山脚下掰玉米，路崎岖，我骑着电动车，颠簸而上。掰下的玉米装进袋里，扛着，沿着田垄，穿行在茂密的野草中。几趟过后，裤脚上附着几枚苍耳，还有几根铁叉一样的蒺针。它们想通过我，完成自己旅行的梦想，好吧，我成全，摘下来，随风一扔，它们便在新地方安家落户了。

植物也是有流浪的梦想的。

地头有几棵蒲公英，一簇簇白的绒毛，我采下来，如小时候那样，鼓起嘴，轻轻一吹，蒲公英便如一个个降落伞，飘飘摇摇而去，有一些，降落在我家地里。母亲嗔怪我，你不吹远一点，这些草种子落在地里，明年春上怕又要荒了哩。我笑说，您不是每年春天都要拔这草，晒起来泡水喝吗，这样省事了，直接从咱家地里拔就是了。母亲也笑了。

母亲算得上是个草医。每年春天都要拔一些药草，除了蒲公英，还拔小柴胡、益母草什么的，都晒起来，除了自己泡水喝之外，谁家要是身体不舒服，不是什么大病，只需要调理的那种，就来找母亲讨要。母亲就会对症给出。

母亲曾说百草都能治病，就连狗尾巴草也是一味草药，将穗子熬过后喝汤，或者捣碎后贴敷，能治疥疮、皮癣、红眼病。

我小时，对母亲的这些介绍不入耳，我只对能吃的感兴趣，譬如说甜茄，学名叫作龙葵的，果实如一粒粒微型的紫番茄，很好吃。再就是野葡萄，比家里的葡萄要小一些，但吃起来却更有滋味。还有叫作"狼牙"的，是种多肉植物，看上去像狼的牙齿，尖尖的，味道酸酸甜甜。

那时，田野对我来说，就是个零食铺子，我放学后急火火挎着筐子去割草，并不是真为家里饥饿的猪着想，而是我听见野果对我的召唤了。

田野是本关于草木的大百科全书，我叫得上很多草的名字，当然，是它们的土名，就像村里的狗剩、招娣、柱子一样，这些草的名字也土里土气，譬如拽倒驴，这草在土里长得结实，就连驴啃住草使劲，驴倒了草也拽不出来。当然，这是农人有趣的夸张。

当我长大读书，一一知道它们的学名后，就像知道村里的狗剩在城市工作，大名竟然很文雅那样后，就会会心一笑，蓦然更多了一些亲切。

我对草有种复杂的感情，不只是我，每个农人也都这样吧——对生在自家地里的草厌恶，对地外的草却喜欢。因为，荒地的草可以喂猪、喂羊，也可以割了，晒干后烧火。村里人摊煎饼，用野草烧鏊子，火势均匀，摊出的煎饼薄而柔韧。

对草木的好恶，其实是人自私的表现。以对自己是否有价值为标准，去评判草木，这是不公平的。说起来，庄稼也是草木。庄稼喂养了人。我们应对草木感恩。

祖母在世时，如有谁在饭桌上掉了饭粒，祖母就会啧啧，

说粮食金贵着呢，可不能瞎喽——"瞎"，就是浪费的意思，然后直接撮起来自己吃了。如今，我已养成习惯，在桌上也会捡自己掉的饭粒吃。因为我也像祖母那样，始终记得草木的恩典。

莲子苦

顾晓蕊

那年盛夏,我去往苏州游玩。这日,我进入一处园林中,园中处处是亭台楼榭,小桥流水相绕。转了许久后,临近中午,热辣的太阳吐着长舌,猛烈地炙烤着大地。我已是热汗淋漓,脚步沉沉,以致无心再游,匆匆来到出口。

刚一出来,听到吴侬软语的叫喊声:"蜜汁莲子,好喝又清暑……"吆喝的是一位头戴蓝花布的妇人,她推着辆小车,上面放着个木桶,里面装有莲子羹。

我赶忙走上前去,掏钱买了一碗。我低头看向碗中,饱满嫩白的莲子,用蜂蜜熬制过,还配有朵朵灿黄的桂花。我一口气喝下大半碗,那一股淡香和清凉,即刻沁入心底,渗进了灵魂,令我感觉一阵清爽,燥热顿消。

在儿时,我也曾吃过莲子,只是那时觉得它味苦微涩,并不喜欢吃。故乡的老屋门前,有一大片荷塘。荷花初绽时,嫩黄的花心,是莲蓬初生。而后,随着荷花的花瓣凋落,莲蓬呈淡绿色,逐渐成熟后,会结出饱满的莲子。

我去荷塘边玩,采了几枝莲蓬,细长的茎上,如顶着一只碗。我举着莲蓬,玩上一阵儿,这才转回家中。我慢慢掰开莲蓬,取出莲子,褪去嫩绿的外衣,捏起白胖的莲子,放入口中咬着吃。

新鲜的莲子中,有细细的绿芯,故而,莲子吃起来带着微苦。我刚嚼了几下,又吐了出来,皱着眉说,真苦,好难吃。

母亲听到后却说,莲蓬全身都是宝。莲蓬壳和莲子心,是极好的药,能清心去热。她将剩余的莲子剥出,放到粥中一起熬煮,还说莲子很有营养,小孩吃了补身体,长得快呢。

我曾看到过一则报道,古莲子沉睡千年,仍可发芽开花,是世界上寿命最长的种子。在北京的圆明园中,有一片莲花基地，池内有数百年的古莲子，经培育后开花。游客纷纷前来观赏，无不为之称奇。

我难以想象，一颗古莲子，被深埋地下，在如墨一般的黑暗中，它如何熬过长久的岁月。在苦涩又空寂的时光里，它仍怀着一份期待，一份希望，那需要何等的襟怀，何等的坚毅，又是何等的寂寞啊！

如果换作是我，假如我是一颗古莲子，是否能心如止水，一等就是千年。若细想下，答案显然是不能的。先不说这漫长的等待，即使不被冻坏，也会被恐惧击倒，更何况还要承受那无边无际的孤独。

一颗远古的莲子，看似弱小，却又坚韧无比，拥有顽强的信念，诠释了生命的奇迹。信念之于它，如一缕阳光，使它穿过重重的黑暗，迎来荷花盛开的日子，惊艳了世人的目光。

夏末的清晨，我在家附近的街头，遇见挎着竹筐的女子，筐中装有新采的莲蓬，还带着莹亮的露珠。付过钱后，抱着一束莲蓬，欣然回到家中。我将莲蓬插入青瓷瓶里，搁置在窗台上。那些青绿的莲蓬，带着清幽的禅意，将喧嚣隔离在窗外，只留下一室的清宁。过了几日，有点蔫萎了，我将莲蓬从瓶中

取出,小心地剥出莲子。

我将莲子送到嘴里,轻轻地咀嚼。莲子淡淡的甜中,透着一丝丝微苦,清苦之中,又略带着香。再接着细品,亦如茶,苦涩过后,还有些许的回甘。

我不由想到,这就像是生活,总会留有一些缺憾,然而,不完满才是人生。我是在人到中年,尝遍世间百味后,渐渐地,懂得了接纳与放下,方才从悠悠苦心中,体悟到莲子的爱意,以及这么些年来,藏于岁月深处的禅香。

春如泥

梁凌

老家旧村落改造，房屋被推，瓦砾处处。破败里，喜获几个被弃的青瓦瓮，宝贝似的搬回。先在底部钻个小孔，又填了半瓮泥，静静置于院子一角，只待秋分时，移栽几棵牡丹。

冬天下了场雪，春天洒了阵雨。一天，我打瓮边经过，意外发现，瓮口郁郁青青，莹绿衬着青瓦，有浑朴之美。这，是怎么回事？蹲下细看，才发现是些自发的野草花。那些草，有三叶草、狗尾草、荠菜。还有两棵苈草——一种《诗经》里被称作"绿"的染料植物。一个亮晶晶的嫩芽，像指甲草，正弓着腰，努力翘出头来。一条蚯蚓，几只蚂蚁，在"丛林"里忙碌。蝴蝶来了，蜜蜂也来了。

那个下午，很长时间，我什么也不做，只蹲在瓮边发呆，有许多奇奇怪怪的想法，如"老天爷饿不死瞎家雀"，如"顺其自然""无为而治""天恩浩荡"……春天是眷顾懒人的，几坨春泥几个瓮，轻易就幻化成了风景。我，几乎是不劳而获！

杜甫诗云："春泥百草生。"春泥，看似简单，却包罗万象，春天所有的色彩、声音都潜藏其中。抑或是，我们看了场魔术，刚刚什么还没有，转眼间，又处处香培玉琢，腾腾烈烈。迎春花是从泥里"砰"的一声炸出来的，像礼花，像星星；玉兰花是鸽子，从泥里飞出来，飞到树梢，卧着；樱花桃花梨花紫荆花，是泥里蒸出来的云霞；牡丹的花胎最大，孕育时间最长，等到花大如斗，春天已呈井喷之势，满城的人，兴奋得似要疯掉！

所有生命，都从春泥而发。柳条是泥里拔出的丝绦；小草是大地的汗毛。扔一块泥巴出去，瞬间化作一只只燕子；一尾尾鱼，在水里吐泡，它们原本是河里的一把把塘泥，被春天感化了。连石头都温柔起来，茸茸地生着绿苔……

　　这时节，容易想起泥土抟人的神话。应该是个寂寞春日，太阳将要落山，黄河水漾着一圈一圈的碎金。地母女娲坐在河边，百无聊赖。当看到自己的倒影时，她灵机一动，突然想做些跟自己一样的东西。她挖了一把河泥，抟成自己的模样。太阳渐渐下沉，为了造得更快，她用藤条甩将起来。于是，一串一串的黄泥浆，迅速变成一批批蹦蹦跳跳的东西。看着这些"会行走的春泥"，女娲笑了，得给他们取个名字，就叫他们——"人"吧！

　　春天多雨。是雨，将春天揉成了泥。泥里有牛，牛拉着犁，犁铧上翻滚着泥浪。春泥满路，各色鸟儿在唱，鸟的翅膀上粘着雨滴。马在春泥里嘶嘶。一地瓜秧，几行春韭，都在泥里静默。斜风微雨里，人在花间，能闻到春泥喷溢出的花香、酒香和蜜香。须晴日，燕子在泥上飞，鸳鸯在沙里睡，一排排乳鸭在春江里游。暖暖的泥里，三三两两的人，正弯着腰插秧。谁家的猫，踩着春泥，夜夜不停地叫？

　　风吹过，片片花瓣，缓缓地落在泥里。樱花飞雪阵阵，

风轻
山月半

梨花空空灵灵,桃花一地胭脂泪……"春工十八落泥涂","梨花开,春带雨;梨花落,春如泥"。生于泥,最终又化成泥。所有的花,开得认真,落得也认真。一树繁华,换得一地锦绣。

素素闲心 听雨落

邹世昌

修成一颗素素闲心，闲坐屋檐听一场雨落，便有了一种空幽意境，不失为一种落落情怀。

云是千人面，雨是多情种。遥想雨打芭蕉闲听雨的日子，李清照定是寄托了无尽的思愁与别绪，才聚了那么多凄婉深情，才写出了《声声慢》"梧桐更兼细雨，到黄昏、点点滴滴"的愁怀之作。而我们都挟裹于红尘一隅，无论是雨休也好，忙里偷闲也罢，听一场雨落，品一味清茶，不啻一种别样的美好。

慵懒的午后时光,躲在老宅里,倚着一扇老窗,看着雨"滴答滴答"地从屋檐上落下来,不急也不徐,打在青石板上,溅起欢快的水玉,而外出归家晚了的"豹花鸡"像箭一般地跑进草棚下避雨,瑟瑟地蜷着身子,还不时抖抖翅膀;窗子下面那盆美人蕉最欢喜,艳艳的红脑袋很骄傲地颤动,而碧绿油亮的叶子成了雨珠的滑梯,那一个个调皮的孩子玩得不亦乐乎;院子里的辣椒秧、黄瓜秧也都在微风细雨中娉婷起舞,时而狂野,时而轻曼,活像一个个醉了酒的女人,三分俏皮,七分美丽,惹得简易棚子里的老黄牛都眼睛直勾勾地注目了好久。我想,黄牛和我的心思肯定不同。

万物皆有灵。灵与灵之间的碰撞,就会产生思考。人类的寿命不长,智慧的几千年接力,才有了繁华盛世。尽情享受时光之快的同时,我更喜欢清新的慢时光。我喜欢雪,也写了好多关于雪的文章,总觉得雪的存在,一遍又一遍地刷新着我们的灵魂,重温着我们爱情,宣读着一部玄意的神典,力压群山,满覆大地,冰封长河,还原一份朗朗明媚、清清岁月;我也喜欢雨,细雨斜风燕子飞,大雨滂沱牛羊归,幼年、少年体味的朴素的美好时光,总会闲心素素之时才会盈上心头。

而今喜欢雨，就跟与一朵花对视，与一道光相遇一样，自认为都是一种禅。度人易度己难。面对浮华尘喧，一曲洞箫分日月，两盏渔火酬流年般的静时光是多么难能可贵。而听雨落，只须素心闲闲即可，既养眼，又养神。如果再有三两好友，如我这般，一起同坐屋檐下，炉上煮一壶酒，锅里焖一只鸡，任远山朦胧炊烟袅袅，任清爽的雨汽清心怡神，听一声声雨落，还原一份简单朴素的唯美时光，追忆一份难能可贵的童年心情。

越来越喜欢一个人发呆，更愿意在雨落的间隙里发呆、倾听，心耳之间只有雨滴落的声音，干净而又清脆，静谧而又安然，有时会悠然想起祖母雨夜里煮就的那一大盆疙瘩汤，父亲披着雨衣湿漉漉地从山上摘回来的几枚青苹果，以及祖父的咳嗽，母亲做的炸酱面，还有屋子漏雨时雨滴打到盆碗缸上的叮叮当当……

年过不惑的我，在听一场雨落的发呆时光里，五体俱闲地活成了孩童的模样，总觉得祖父祖母并没有离去，而是用大自然的一切声音在与我对话，微笑着看我拾起瘦笔一支，着一份梅韵，拼一份远方，填一首《醉花阴》……

两株草的一生

安宁

在广袤的草原上,当一株草爱上另一株草,会说些什么呢?

许多年前,它们的种子被大风无意刮到这里,便落地生根,并与另外的一株草生死相依。成千上万株草,被神秘的力量聚合成宇宙星空下起伏的汪洋。没有人关心一株草与另外的一株有什么区别,甚至它们的名字,是叫针茅还是冰草,也无人知晓。只有母亲般苍茫的大地,环拥着无数棵草,从一个春天走到另一个春天。

云朵曾将好看的影子，落在两株草的身上，宛若一幅关于爱情的剪影。清晨的风掠过雀跃的草尖，带走一颗正在睡梦中的晶莹的露珠。一只小鸟在它们轻柔的枝叶上舞蹈，并用纤细的双脚，写下一首爱的赞美诗。它还亲吻过一粒新鲜饱满的草籽，一片闪闪发光的草茎，并将尖细的嘴唇深入缠绕的根须，追寻一只肥胖的虫子。它也一定卧在湿漉漉的草丛里，倾听过大地的声响，从星球的另一端传来的遥远的声响。在秋天的打草机进驻以前，两株草从未离开过脚下丰茂的草原。

　　两株草依偎在一起，在春天的阳光里亲密地私语。它们说了很多的话，仿佛要将前世今生的思念，全在这个盎然的春天说完。这样，当它们被打草机带走，去往未知的庭院，一生永别，就可以了无悲伤。一朵鸢尾即将绽放，它在两株草的情话里有些羞涩，于是它推迟花期，只为不争抢这份爱情的光环。途经此地的人们，会惊喜地发现，无数的草汇聚成一条黄绿相间的河流，伸向无尽的远方。荡漾的水面上，还夹杂着去年冬天残留的一点雪白。春风掠过大地，两株草发出细微的碰撞，仿佛柔软的手指抚过颤抖的肌肤。要等到夏天，河流化为脱缰的野马，在草原上撒欢奔跑，两株草的爱情才会迸发出更热烈的声响。它们根基缠绕,枝叶相连,舌尖亲吻着舌尖,肢体触碰着肢体。它们在无遮无拦的阳光下歌唱,它们在漫天星光下歌唱,它们要生生世世,永不分离。如果秋天没有抵达,两株相爱的草并不关心牛羊踩踏或者啃食它们的身体,只要一阵风过,它们又施了魔法般恢复如初。它们在疯狂地生长,它们也在疯狂地相爱。它们要将这份爱情,告诉整个草原。

可是,秋天还是来了,它从未在这片大地上迟到。每年的八月,夏日的欢呼还未结束,旅行的人们还在涌向草原,阿尔山云雾氤氲的天池里,也映出无数行人的面容。就在这个时刻,打草机列队开进草原。两株草即将分离,它们茎叶衰颓,容颜苍老,但它们依然没有哀愁。风慢慢凉了,深夜隔窗听到,宛若婴儿的哭泣。两株草在夜晚的风里温柔地触碰一下,便安然睡去,仿佛朝阳升起,又是蓬勃的一天。死亡与新生在大地上日夜交替,一株株草早已洞悉这残酷又亘古的自然法则,所以它们坦然接受最后的生,正如它们坦然接受即将抵达的死。

此刻,我途经这片草原,看到星罗棋布的草捆,安静仰卧在草原上,仿佛群星闪烁在漆黑的夜空。一生中它们第一次离开大地，踏上未知又可以预知的旅程。一株草与另外的一株，被紧紧捆缚在一起，犹如爱人生离死别的姿态。秋天的阳光化作细碎的金子，洒满高原。泉水从绵延起伏的山上流淌下来，在大地的肌肤上雕刻出细长深邃的纹理。空气中是沁人的凉，牛羊舒展着四肢，在山坡上缓慢地享用着最后的绿。

我们将去旅行。一株草嗅着熟透了的秋天，对另一株草深情地说。

是的，我们将穿过打草机、捆草机、车厢、草叉、牛羊的肠胃去旅行。另一株草看着高远的天空平静地说：那里，正有大朵大朵的白云，在幽深的蓝色海洋上漂浮。

最终，我们还会回到曾经相爱的大地。那时，我们的身体将落满干枯的牛粪，绽开烂漫的花朵，也爬满美丽的昆虫。它们这样想，却谁也没有说。

我注视着这一片秋天的山地草原，知道冬天很快就要到来，大雪将覆盖所有轻柔的絮语。而后便是另一个春天，那时，会有另外的两株草开始相爱。就在过去两株草曾经栖息的家园，它们生机勃勃，宛如新生。

笋干焖黄豆

章铜胜

笋干焖黄豆,既可作菜,也可当作零食。当作菜,伴酒,或是佐粥佐饭,都极好。当作零食,那是要有一种悠然的清闲才好。

当作零食时,我喜欢一个人慢慢地品尝。一方矮桌,置于庭院之中,或是阳台之上,近旁有花开,牡丹、芍药、茶花、兰花,不避雅俗。也不必定要花开,一盆新绿置于近旁,也可。不远处,阳光透新绿,树影婆娑,且时有鸟鸣声传来。桌上一杯绿茶,一小碟笋干焖黄豆,一个青瓷小胆瓶里斜插一两枝新绿，或是三两朵春花，靠在矮椅上，翻几页闲书，想一点心事，间或揶一两粒黄豆、一两块笋干，或是将笋干和黄豆，一起放进嘴里，慢慢地嚼着，便觉得饶有滋味，且有意味。

以笋干焖黄豆佐酒，对饮之人不宜多，一二知己足矣。有一年清明时节，我去徽州问茶，傍晚时分，和朋友就坐在他家院子里的小方桌旁喝酒。朋友海量，斟了满满一杯酒，酒里泛着彼时的一杯春色。而我不善饮，杯子里只有薄薄的一层酒，倒映在杯子里的，也是淡薄的一点点，近于透明的新绿。那天的酒菜很丰盛，而我记得最清楚的便是一碟笋干焖黄豆了，酥软味厚，极耐咀嚼。

朋友家的那碟笋干焖黄豆，和我以前见过的不太一样，黄豆是温水泡发的老黄豆，耐嚼。而笋却是新采的细竹笋，没有切碎，仍是完整的一根细竹笋。除此之外，还加了一些切成粒状的火腿丁，多了一些火腿的咸香。原来脆嫩的新笋，焖过后，愈加的绵软入味。酒过三巡后，朋友用筷子拨了一下碟子里的黄豆，醉眼蒙眬地对我说，我们就是一粒粒的黄豆，幸好有这些细细的竹笋牵绊着我们。然后，他意味深长地看着我。我看了他一会儿，从碟子里揶起一粒黄豆，放进嘴里慢慢地嚼着，香味也慢慢地在口腔里漫开来。

在诸多的烹饪方法之中，焖是一种较为温和的方式，也是较入味的方法，在大火煮开之后，改用小火慢慢地焖着，和煨与炖有殊途同归之妙。入味的食物，宜于慢品细尝，也适于回味。笋干和黄豆，本是不易酥软，也难以入味的，但在经过干制、浸泡、腌和焖之后，便有了相互成就的和融，这是极为难得的。我对食物的偏好不算挑剔，但能令我念念不忘的却也不多，笋干焖黄豆算是其中的一种。

笋干焖黄豆，不属于时令菜，有合适的食材，随时都可以做。而我却喜欢在清明到谷雨这段时间里，也是每年新笋上市的时候做这道菜。去年的笋干，或是放了几年的老笋干，拿出来，放在温水里浸泡，水里会慢慢浸出褐褐的颜色来，越来越深。老笋干是有笋香的，那是经过岁月沉淀的暗香，新笋就没有这样的香味。新笋也要用清水浸泡一会儿才好，才能去除那一点新鲜的涩味。在有些方面，笋子也像是人，要去除那一点的青涩，才恰好，这是需要时间的。

笋干难煮，泡好了，腌得恰到好处，焖的时间够了，才能入味，才有嚼头。黄豆，也是如此。它们真是一对禀性相近的好搭档。笋干和黄豆,真像是一对曾经相忘于江湖的老朋友,遇上了,便是难得的互相成全。

　　看到市场上售卖着新笋,总会想起笋干焖黄豆来,想起那个在黄昏时,陪我以之佐酒的朋友,想起某一个春日的午后,独自坐在阳台上的悠闲时光,总是那样的滋味绵长。

驴蹄缓踏乱山青

凉月满天

读《阅微草堂笔记》，被里面一首小诗打动，说的是一位姓林的教谕，北上至涿州南，在一处破屋墙外，见到有人用碎瓷片在破墙上划出一首诗：

"骡纲队队响铜铃，清晓冲寒过驿亭。我自垂鞭玩残雪，驴蹄缓踏乱山青。"

此诗，真有趣致。

当初幼时，家在太行山下，滹沱河边。

河边是真河边，山下却不是真山下。因为离河近，离山远。

但是，即便很遥远，仍旧能够在晴朗的日头下，把山的四季看得清清楚楚。我们北方的山，陡峭高峻，白石堆叠，映着天光，泛着淡淡的青。及至饭时，可以看得见这里那里的炊烟。

——那时日光清透，少有眼睛穿不过去的迷雾。

当时就遥遥地想着，那山里人家，烧的什么锅，做的什么饭，过的什么日子，说的什么语言。

后来长大，属于太行山脉的天桂山、嶂石岩，都曾爬上去过。石阶好陡峭，山壁又好似斧劈刀削。山风好凉。

再后来，坐飞机飞越太行山脉，感觉飞机像只虫，在偌大的碗里打转，怎么飞也飞不出去，太行山太大了。

但是，无论怎样，都走不出诗中旅人的感觉。

你看啊：

一队队的骡子，颈下都挂着铜铃，丁零丁零地响着，驮着货物在路上跋涉。

时值冬日，又是清晓，空气寒凉清冷。骡队起早赶路，经过住宿的驿亭。

我行程不紧,自是不必趱程,所以无聊时自顾自垂下鞭子,在地上的残雪上,用长长的鞭梢画下莫名的曲线。

而我骑的驴子,也一样蹄声缓慢,嗒嗒声幽然,却踏乱了满山的烟青。

——这果然是残雪,是以山色已经显露青色,而不是满山皆白。

也确实是残雪,若是大雪满山封路,那骡队和诗者,都无法上路成行。

骡队是快的,乱的,热闹的,紧赶慢赶地前行的;"我"是慢的,静的,漫不经心的,基本上走到哪里算哪里的。

但是,却是"我"骑的一匹孤单单的驴子,踏乱了满山的烟青。

不是"我"骑的驴子踏乱了满山的烟青,而是只有"我"的眼里有那乱着堆叠的山和满山的烟青,而那为了生计奔波,冒着清寒上路的骡队,眼中只有几许长路,又哪里看得到满山烟青呢?

所以,这山乱也只是为"我"而乱,而山青,也只是为"我"而青。

王阳明说,"你未看此花时,此花与汝同归于寂;你来看此花时,则此花颜色一时明白起来。"对于诗者来说,他未看此山时,此山与他同归于寂;他来看此山时,则此山颜色也一时明白起来。

就是这个道理。

这样的小诗,如珠如玉,如沙如砾,堆叠在《阅微草堂笔记》里,一个不注意,便被轻轻放过去。乃至读来,又觉得心痛起来。皆因今时不同往日,此山已非彼山,而那位诗者经历过的一切,我们也不会再经历。那一时一地的一歌一咏,就此便成绝响,还归天地。

而且,这个诗者,好落寞啊。

天地间,是有别的过客的,一队队的骡队从他身边走过,而他却是不看他们,他们也不看他,大家漠不相干地走过错过,他就在残雪上漫不经心地玩着鞭子,耳朵里听着一声声的驴蹄印在雪地上的声音,偶尔抬眼,看一看满眼青青山色,再低下头,手拎着鞭子在残雪上乱画着,思绪又不知道飘到哪儿去了。

他不快乐。

他的诗里找不到一丝的快乐。却又不是天崩地裂的悲伤。

他的人和这整首诗一样，有着一种舒缓的、平静的寂寞，就像一条冬日里宽阔而结冰的大河，没有行人经过，昏黄的日光照射下来，反射的阳光也是昏黄而模糊的。这条大河躺在无边的岁月里，谁也不知道它在想些什么。

当然，也没有人知道这座山想些什么。那些经过的骡队想些什么。

世上万物，彼此经过，彼此错过，彼此都不了解，彼此都活在自己的世界，纵然你看花，花便于你的眼中鲜明起来，可是，你与花，仍旧是不共通的。

于是大家，一起寂寞。

斜风细雨不须归

卢兆盛

斜风细雨，是多雨的春天给世间万物最温柔最深情的爱抚。

风，是微风，悠悠地吹，轻轻地拂；雨，是细雨，慢慢地下，缓缓地落。微风挽着细雨，在天地间织就一片片曼妙的轻纱，将春天装扮得无比清新明媚。

这样的景象，自然是春天里最常见的动人的画面。

斜风细雨里，当然可以郊游踏青，也可以临水垂钓。雨，并不妨碍放飞闲适与自由。那种斜风梳理过的从容和细雨润湿后的恬静，别有一番情趣，是晴天丽日下难以感受到的。

如果细雨不经意间变成了更细的毛毛雨，那撑不撑雨伞，披不披雨衣，都没多大的关系。即便淋了一点儿雨，那也大可不必担心着凉感冒，就当是春天赐予的"洗发剂"或"护肤膏"吧。

其实，在斜风细雨里，更多的时候，我们看到的是人们繁忙劳作的景象，或者，我们自己也正在雨中辛勤地劳动着。

唐人张志和那首著名的《渔歌子》，已给我们生动地描绘了一千多年前渔夫驾舟捕鱼、怡然自乐的劳作情景。江南阳春三月，正值桃花汛期，春江水涨，烟雨迷蒙，青山如黛，江岸桃红，白鹭翻飞……那位头戴青箬笠、身穿绿蓑衣的渔夫，迎着斜风细雨，悠然自得地捕着鱼。春天秀美的山光水色，忙碌而充实的捕捞作业，让他流连雨中，乐而忘归。

是的，斜风细雨丝毫也不会阻挡住劳动者户外生产、工作的步伐，哪怕是倾盆暴雨突然袭来，他们也不会中途停下手中的活计而去避雨、歇息，除非他们身上没有穿戴雨具。

对于农人来说，春天，沐浴斜风细雨的日子实在是太多了，春耕，春种……几乎每一项农事都与雨有关，许多农活都是在斜风细雨中完成的。

俗话说得好，一年之计在于春。春天是一年中农事最繁忙的时候，时令卡着农事的每一个节点，任何一个环节都耽误不得，稍有疏忽懈怠，全年的希望和收获都将会大打折扣。而勤劳的农人是丝毫不敢怠慢农事、浪费春光的。"不须归"，早已成为他们雨中劳作时的一种常态。即便有时到了该"归"的时候，他们却还真的不能说"归"就"归"呢。

出身于乡村，我从小就帮着父母干农活。春天，到田里做事，但凡下雨，便会戴上宽大的斗笠，穿上厚重的蓑衣。在雨中，扯猪草，挖地，种瓜，点豆，插田，锄草……很多时候，为了赶节令、抢时间，不得不忙到天黑了才回家。尽管常常累得精疲力竭，直不起腰，但只要想到插完了一丘田或者锄完了一块地，完成了当天必须干完的农活，心里就溢满了欣慰和快乐，那种"斜风细雨不须归"的获得感和满足感不请自来，便觉得再苦再累都值得，也为自己能替父母分担一些艰辛繁重的农活儿而感到骄傲。

人勤春早。春天的田野里，雨中最美最富诗意的活动，可以说就是劳动！我们辛苦而又快活地劳作着，不负春光，不误农时，"斜风细雨不须归"……

一直赶路的星星

夏日里忽明忽暗的光点，
引我向前，独自冒险，
如今流萤之光再难寻见，
留下的是面对黑暗时的
独当一面。

想把
每一份快乐
都装进购物车里,
一起打包送给你。

被泳池洗礼后的脑袋抛起来像个熟透了的西瓜,聒噪的蝉鸣也变得异常祥和悠远。

——记耳朵进水的每个夏天

偶尔仰望夜空，
耳畔依旧回荡那漫漫长夜里的朗朗笑声，描绘着不着边际的白日梦，
如今的我们，不再把愿望托付给星空，
而让自己变成那颗竭力闪烁微光的星。

比起灯火通明，
更喜欢黑夜里昏黄不定的烛光，
全家围坐在一起，每个人脸上都撒上一层暖橘色的光。

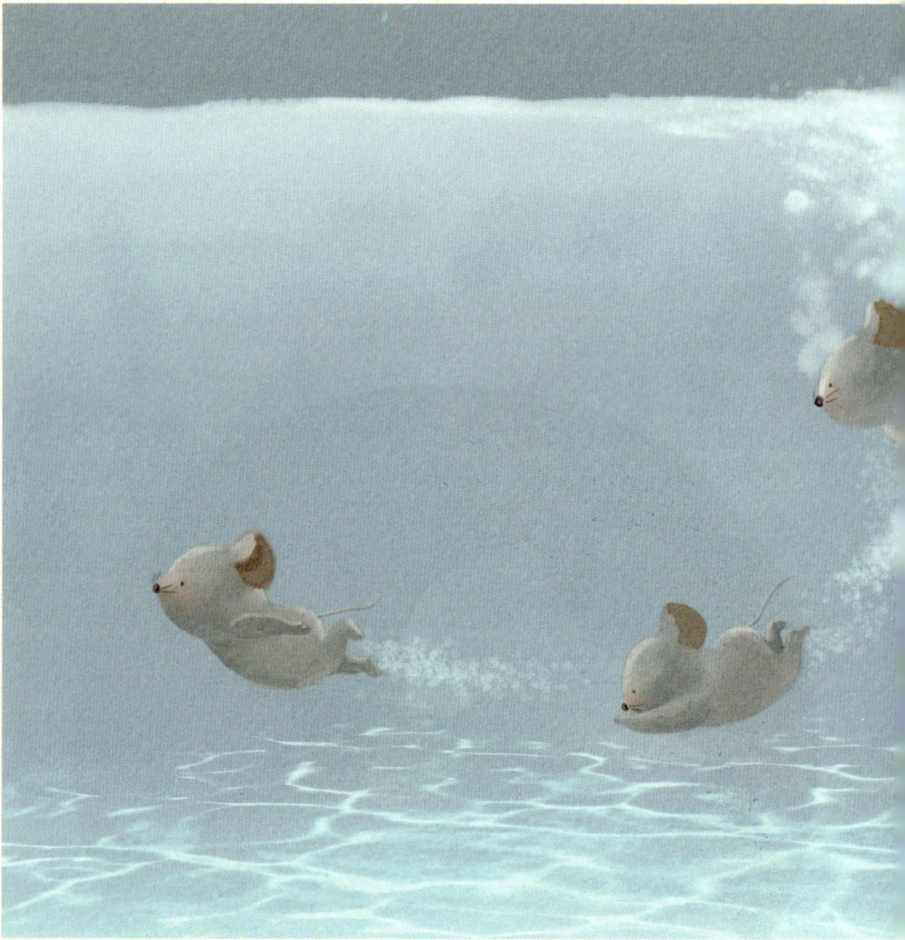

盛夏的泳池是燥热的避难所，
跃入泳池的瞬间好像坠入另一个秘密空间，
外面的世界统统与我无关。

我把秘密藏在泡泡里，
目送它渐渐远去，
若在某处不慎破碎，
拜托一并销毁我的小小思绪，
让它变成晶莹的水滴，
消散在空气里。

美的悟语

王南海

什么是美？有人认为花容月貌、闭月羞花是一个姑娘的美，或如唐代美女般丰腴，"温泉水滑洗凝脂"，或如宋代纤细轻盈的女子体态。健康是美，活力无限，朝气蓬勃；而西子捧心也是一种柔弱的美。

美，与金钱无关。看到过脚步匆匆的白领，他们为了生计每天都忙碌着，奔波着，自然也享受着物质带来的稳定感和幸福感。直到有一天，我在草原上遇到了一个放牧的男孩儿，他的皮肤黝黑，牙齿却洁白光亮。那天，他躺在牛背上，用帽子遮住脸庞。我问他在做什么，他笑着反问我："你没感觉今天的阳光特别温暖吗？照在身上，好幸福。"那一刻，我突然感觉他是一个懂得美的人，可以活在当下，懂得珍惜此时最简单的幸福，那就是最温暖和煦的阳光。

美，是不模仿，不攀比。西子捧心是美的，而东施效颦就是丑的。我们都是这个世界上极为独特的生命，模仿只会让自己失去自己最本真的美；而攀比也会让我们丧失了内心中最平和的美，而变得焦躁，乱了脚步。其实，淡定、从容才是人生最本真的美。玉石自然是美的，温润光洁；可是，一块普通的石头难道不美吗？每一块石头都是经历了自然的更迭、变迁，浓缩了岁月的沧桑，而当一块普通的石头被赋予了一份情感后，那就更加价值连城。

庄子云：天下有大美而不言。自然的美，最深邃，最无言。我最爱欣赏自然的大美。每年我都喜欢自驾西部，去高原阔土中领略自然的大美。那些地方是不用围起来收门票的，雪山连绵，草原辽阔，牛羊成群，野花遍地。一切都呈现着最自然、最放松、最柔软的状态。你会听到康巴汉子唱起婉转嘹亮

一直赶路的星星

的情歌，也会看到身着民族服饰的姑娘，梳着一串串五颜六色的小辫子。每每日出时，日照金山，太阳把整座雪山点亮，接着，随着天光的变幻，呈现出动人的风景。即便是草原上的野花，也有很多很多的品种，不同的色泽和花形，你无法说出哪朵更美，哪朵最美。每一朵在属于自己的生命里，肆意张扬地绽放，拥有生命的时候，就是要每一天都开得最美。你即使闭上眼睛，也能听到天空中雄鹰的哨声，听到牦牛脖子上铃铛的"叮当"声。一切都美得绚烂。

此时，你的心是宁静的，自由的，喜悦的，你感觉阳光这么美好，一切都是如此恰到好处。美就是这样，让你陶醉。而这种美，是一种心灵的自由，自由地支配时间，自由地冥想，自由地感受。此时，人最放松，也最美。

这个世界是丑的还是美的，不在于外在，而在于自己的内心。内心通透明亮了，这个世界也会温情、美丽起来。如此想来，顺境是美，逆境也是美。人喜欢顺风顺水，喜欢一切遂心愿，这也是人们最美好的祝愿。殊不知，逆境也是一种美。它告诉我们需要坚韧，需要苦中作乐，形成了一种豁达之美。

在自然面前，人不过是一种卑微的生命。当我们用宁静而诗意的心去欣赏，当你凝视一株小草、一抹夕阳，都是一次触动心灵的对话，此时你会懂得万物都有自己的使命，都有自己的灵性之美……

一片落叶的灵魂

鲍安顺

一片落叶的叹息,我听到了,有感慨,也有灵魂。

那片落叶,在枝头展示过娇嫩,水灵灵的,深秋化为了璀璨的鲜艳,像一台戏的结局,是高潮,激动人心,绚烂夺目。它脱去了碧绿羽衣,换成霓裳,呈现出精彩的容颜。随之,它就凋零了,飘落的身影,与蝴蝶争艳,与蜜蜂吟和,与风儿竞舞,真有点儿物我两忘,悠然自得。

那叶儿,飘落的过程,让我惊羡,也让我伤感。如果遭遇雷雨风暴,那柔弱的鲜艳,像飘摇的灵魂受到重创,叶身在颤抖，苦苦挣扎着，瑟瑟落下。那情景，就像遭遇惊吓和摧残时的惊讶眼神，充满惊恐委屈，愤懑惶然。那落叶，在与暴风雨的对峙中，让我想起瑟瑟发抖的羔羊上了断头台，严峻的考验，生死攸关，折射出它与自然抗衡的峻厉、顽强与挣扎。我似乎看到了，我的灵魂在异动，在挣扎，犹如梦幻燃烧，无疾而终，物是人非。

一片落叶的背影，是一个完美季节的结局。我看落叶，它飞舞或飘落，犹如蓦然转身的灵魂显出了优美弧线，或轻盈，或沉重，有方向与结局，也有心态与归根。就像灵魂的战栗，拥有着沉闷表情，挟持一股寒意的苍凉，眺望天堂的光——那是在寻找，寻找着爱的吻，心的灯，善良的归宿，渴望的摇篮。

我与落叶，常常相遇在文字城堡里，让心安静下来时，少见忧伤，多了沉思。读杜甫的"无边落木萧萧下"，颂屈原的"袅袅兮秋风，洞庭波兮木叶下"，念宋玉的"悲哉，秋之气也，萧瑟兮草木摇落而变衰"，叹郑板桥的"一枝一叶总关情"。那些落叶，在我眼里，透过古人的苍凉笔触，挣扎着，然后凋零、腐烂，化成了肥料，拥有对根的情谊。是呀，落叶有灵魂，有目标，知恩图报，化为了春泥，来年更护花叶。

一直赶路的星星

  总有些追逐会化成云烟,总有些故事会写成诗篇。我感觉生活就像一片落叶,有无数轻盈的少女在空中翩翩起舞,让我目不暇接。那枫叶,透红后枯黄,飘落得漫山遍野。那银杏树叶,金黄得醉人心扉,扇子般的叶片,散发缕缕清香。还有大漠胡杨,一抹刺眼辉煌,燃烧着诗意惨烈的激情,让我想起古代将军征战西北,在大漠孤烟深处,写下赤胆忠心,屡建赫赫战功。可是,我也惊叹,天妒英豪,感伤落叶飘零的风华早逝。

  那片娇小的落叶,叹息着,落于我掌心。它干枯,像某个古代溺水女子的魂灵,不甘寂寞地穿越时光隧道,飘零而至,与我有缘。也许,它刚刚褪去了明黄色的外衣,或者高贵绚烂的容颜,我想它曾经像一个威震四方的女皇,端坐在树枝的大殿宝座上,绽放权力的欲望,安静地欣赏天下英雄挥洒血汗的气质与风采。其实,一切都像是被她所拥有。

  读欧·亨利的小说《最后一片叶子》,内心十分震撼。文中的老画家贝尔曼,为患肺炎而奄奄一息的穷学生琼珊,站在风雨之夜的院落里,画了最后一片常春藤叶,从而挽救了一个濒临死亡的年轻生命。而老画家贝尔曼,却在画叶时因感染风寒去世了。那个在社会底层挣扎了一辈子的老画家,虽然是个小人物，一生饱经风霜、穷困潦倒，却充满了爱心，拥有珍爱绘画艺术的崇高灵魂。为此我想，老画家像是一片落叶，而青年画家琼珊，则是被滋养复活了的新叶，像常春藤叶一般，绵延绽放，生生息息。

一直赶路的星星

马浩

星星在以人无法察觉的速度，日夜赶路，它要到哪里去？这是我童年时的疑问。那时的父亲，似乎还是个没脱孩子气的大孩子。夏夜，带着我到瓜田看瓜，在草丛中捉蛐蛐，俗称叫叫狗，他握着手电筒，我拎着蛐蛐笼。蛐蛐笼是父亲编的，扁圆形，鲜芦秆划成的篾须织就的，淡淡的水绿色，网格状，似镂空，精巧雅致，像一件艺术品。费了半天的工夫，终于捉到一只，挂在瓜棚的檐下。清夜，听蛐蛐歌吟，看着空中闪光的星星，问父亲，星星为什么老是闪光，父亲说，那是星星在赶路。偶有流星划过，父亲说，那是贼星，偷了人家的东西，你看跑得多快。

从此，我知道了，夜里，星星在不停地赶路。那时，我以为星星白天休息，只有晚上赶路，遇到阴雨风雪天，大约也会停下来，找一个地方躲避起来。后来，我渐渐地明白，星星始终都在赶路，不分昼夜，风霜雨雪，无时无刻不在路上，只是夜黑，人们才看到星星打着灯笼赶夜路。每每我看它时，它就向我奔来，光柱差一点儿就撞到了我的目光，眼看着就要撞到了，却突然隐没在夜色中，夜空散发清寒之气，想来是无数星星行路时带动的凉风。

远天的星星，似乎对大地充满好奇，就像一群孩童，嬉笑着从天上跑来，不分季节，从春跑到夏，从夏跑到秋，从秋跑到冬。春夜，在廊檐下看；夏夜，在庭院里看；秋天，在草垛上看；冬天，在屋里隔着玻璃窗看。看着它们日夜兼程地奔向大地，拥向花草，拥向林木，草叶上，花瓣上，树叶上，缀满了露珠，晶莹闪亮，那是星星遗下的脚印，一定是的，当我看到闪烁的星光，我就感觉星光里有水，沁凉。

星星从洪荒的远古走来，昼里行走，它躲藏在阳光中，大

一直赶路的星星

约是想搭乘太阳这只白驹,省一段脚力,白驹过隙,肉眼无法捕捉它,便是捕捉到了,误以为是日光。不过,有一颗叫启明星的星星,白天可以看到它慌忙走路的样子。《诗经》中有"东有启明,西有长庚",说的就是它,有趣的是,民间称它慌忙星。

这颗启明星,为人们开启了白昼,却被人们误以为懒惰,做了反面教材,故被称为慌忙星,别的星星都在赶路,它却睡起大觉,快天亮,才慌忙着起身上路。

其实,星星是美好的象征。"东风夜放花千树。更吹落、星如雨。宝马雕车香满路。凤箫声动,玉壶光转,一夜鱼龙舞。"正月十五闹元宵,热闹欢快的场面,为了更好地表达,辛弃疾就把星星拉来。

有种烟花,就叫满天星。

星星路过春天,足迹绽放成了花朵。

"七八个星天外,两三点雨山前。旧时茅店社林边,路转溪桥忽见。"辛弃疾夜行黄沙道中,夏夜的星星,隐约在淡淡的薄云里,夜色是朦胧的,辛弃疾与星星一起赶路,不知是星星有幸遇到辛弃疾,还是辛弃疾有幸遇见了星星,或是相互成全，于是，这首《西江月》，在文学的星空里，星光闪烁。

无独有偶。杜甫有首《旅夜书怀》："细草微风岸，危樯独夜舟。星垂平野阔，月涌大江流。名岂文章著，官应老病休。飘飘何所似？天地一沙鸥。"杜甫的一生似乎都奔波在路上，夜路，自然没少走，夜空中，闪烁的星星，与他相伴，一路前行，他应该是星星的知己，他感受到了星星的大美，星星亦带给他深刻的人生感悟。

白天，人们匆匆赶路，与星星擦肩而过；夜晚，人们看着星星赶路，平添一份闲情。"银烛秋光冷画屏，轻罗小扇扑流萤。天阶夜色凉如水，卧看牵牛织女星。"到底是十年一觉扬州梦的杜牧，他的那份小资的闲情，清雅了得。

星星或许没有想到，它会走进文人墨客的诗文中，在文字中闪光。我也没有想到，顺着星光的途径，能寻到来处，走向远方。

如果你在麦田里捉到了我

曹化君

夕阳西下的时候,我从画里走出来,下楼,朝城外走去。

我希望撞见一片麦田,红彤彤的余晖泻在金灿灿的麦田里,泻在捡拾麦穗的女人弯折的脊背上,如米勒的画。

如果撞见这样一片麦田,我就走进去,在烁烁的余晖里,捡拾我的童年和岁月。

老家有大片大片的麦田,仿佛一簇簇绿云朵,镶缀在清水秀木之间。

绿茵茵的麦田是我和小伙伴们的乐园,我们在麦田里薅野菜，掐野花，唱歌，唱戏，蹦高儿，做体操……

我最喜欢在麦田里下腰，向上伸开双臂，头往后一仰，两手接地，身子便弯成了弓。小伙伴儿看魔术似的把我围在中央，你去演杂技吧。我才不演杂技，我只喜欢在麦田里下腰。

看得心痒了，她们也学着我的样子抻臂，后仰，即时，麦田里响起一片啪啪嗒嗒的声音，仿佛一坨坨泥块摔落在地上。但没一个从地上爬起来，齐整整地躺在麦苗上，唉声叹气，然后鸟儿般叽喳，打闹。

我也在小伙伴儿身边躺下来，看云朵东飘西荡。

我们最喜欢玩老鹰捉小鸡的游戏，"小鸡"们一边逃一边唱，如果你捉住了我，我就做你的美餐……

麦苗儿长高了，结穗了，千里眼就来了。我和小伙伴儿还没走进麦田，离麦田还有几十步、十来步远的时候，就有人喊，嗨，别踩坏了麦子——

这声音是施了魔法的，我和小伙伴儿都变成顺风耳。再去田野游玩，还没走出胡同，就听见有人喊，嗨，别踩坏了麦子——千里眼把麦田变成可怕的鬼怪，也给麦田蒙上一层神秘的面纱，麦田便像童话世界一样令人心驰神往着了。

一直赶路的星星

不知道是出于同情还是疼爱,还是担心我会去人家的麦田里掐麦穗,母亲每天收工回来,都会捎来一大撮青麦穗——并非母亲觉得我是个自私的坏孩子,她知道我不晓得我家的麦田在哪里——每次我要跟她下地,她都说,在家好好学习。

母亲把一大撮青麦穗放火上,烤熟了,再拿来簸箕,把麦粒搓下来,把麦皮簸出去,簸箕里就只剩下嫩生生绿莹莹的麦粒儿了,仿佛一粒粒绿珍珠。捏一撮,放嘴里,软韧清香。

母亲把绿珍珠一样的麦粒儿倒进花瓷碗里,我捧着花瓷碗坐在楝树下的小板凳上,一边吃麦粒儿一边和飞跑过来的小鸡们周旋,作战。

一天,母亲说她去割麦,我想跟着去。我说,同学都笑话我,自家的田地在哪里都不知道。不等母亲出声,我已跑出院子。

一路上,我不停地和母亲说这说那,把话说没了,就开始唱歌——大雨哗哗下,北京来电话,让我去当兵,我还没长大……唱完第一句我就停下了,母亲说,麦子淋湿了就吃不到白馍了。

离我家麦田还有一百米的时候,我大跑起来,一口气跑进麦田，像小兔子一样撒起欢儿，拾马泡瓜，揪黑天天，逮蚂蚱，抓瓢虫……热得不行了，就坐在路边的杨树下吃马泡瓜，吃黑天天，看蚂蚱、瓢虫表演，听杨树叶和风说悄悄话。

一个老奶奶走过来，走进我家麦田，跟在母亲身后，捡拾地上掉落的麦穗。我心里痒痒的，于是跑过去，也拾起麦穗。不大会儿，手里就有了一大把，送给母亲，母亲说，给老奶奶。老奶奶说，好孩子。母亲和老奶奶你一句我一句地说起话，我一声不吭，低头捡拾麦穗，我喜欢听老奶奶夸我好孩子。

以后，我就没去过有千里眼的麦田了。

有一年，麦子成熟的季节，单位放了几天假。母亲说，大热的天，别回来了。又说，今年大家商量着一块儿收割。

我懂母亲的意思，一块儿收割的几户人家都是年轻力壮的小伙子，母亲年纪大了，至多送送水或捡拾个麦穗什么的。可我有点儿想念麦田，骑上自行车就回家了。

和我一同回家的还有米勒、塞林格……我要把他们连同他们的作品介绍给母亲。我更希望遇上一两个小伙伴儿，我就和她们唱，如果你在麦田里捉到了我……

一直赶路的星星

  忽然看见母亲,正一镰一镰割麦子,毒辣的阳光泻在金灿灿的麦穗上,泻在母亲弯折的脊背上……

  母亲说,都刚走,回家吃饭去了,我割得慢,大家伙没一个怨我,可我心里……

  蓦然明白,麦田,在我诗意的想象和文字里,在母亲如注的汗水中,弯折的脊背上……

  我走在依稀的夜幕里,我希望撞见一片麦田,炽烈的阳光泻在金灿灿的麦穗上,泻在我弯折的脊背上——母亲在绿茵里唱歌:如果你在麦田里捉到了我……

与月为邻

曹淑玲

沿着湖畔走,风在吹,树枝在摇,月从树隙间漏下来,一晃一晃的,像荡在水波里。咦?我们好像在哪儿见过。

唔,是从前。

在乡村的夜晚,当暮色笼罩下来,她知道劳累清贫的庄稼人不易,就款款地从云际里游走出来,端着如水一样的盈盈满满的月光,哗,轻轻泼在大地上。

月光洗尘。

是等候,也是约定。人们呢,有的嘴里嚼着最后一口饭,

一直赶路的星星

有的奶着尚离不开身的孩子,有的抽着呛人的老旱烟,相约一样,从自家院子来到街上。照了面,打个招呼,席地而坐,拉开了家常。本分的庄稼人,没见过什么大世面,无非是一亩三分地上的那些人那些事。李家老母鸡抱窝了,王家母猪下崽了,老张家媳妇生孩子了……

人们笑,月也笑,笑出一片明净的银光来,亮堂堂啊。那个时候,我们小孩子会爬到房顶上去,那上面落满一层月光,轻薄,霜似的,想舔上几口。

被日光晒了一天的屋顶,留了阳光的温度,也有夜色的一点儿清凉,是恰到好处了。我们一会儿坐,一会儿躺,看又高又远的月,不说话,也很好。

多年以后,我搬进了城里。城里的月不是月,月光也不是月光。浑,暗,总像蒙着一层隔年的旧报纸,看不清也看不明。

月一直深居在乡村,是大家的贴心人,我们比邻而居。

中秋,月光是乡村摆开的一场盛大的宴席,是要吃月饼的。那时的孩子,肚子里总是惶惶不可终日,眼巴巴盼着中秋的那一小块月饼,勾人心,痒痒的。月饼幽居在奶奶的老屋子里，屋顶又高又黑，像远古神秘的洞穴。顶上一根圆木头上挂着一个小篮子，柳条编的，发着陈旧的光，可是迷死人了，让你总是仰望，可又不能伸手而得。那个想头就在心里炊烟似的袅袅升起来，弥漫了整个童年。

直到中秋这一天，奶奶把篮子拿下来，从里面捧出月饼，像是捧出一个月亮，又小心又怜惜。还不能吃，奶奶会把一个盛花生的大篮子递给我们，说，谁先把这篮子花生摘满，谁就第一个吃到月饼。我总会第一个吃到，咬一口月饼，抬头看一眼月亮，月亮也被我吃进了心里头，她在我体内角角落落里游走，那些白日里的不快和不可言说的卑微，都慢慢消融了。我想，心里装了月亮，以后有再多的黑夜也不怕了。

有一次，我半夜醒来，她明明白白泊在窗上，是把木格子窗当小船了吗，在里面悠悠荡荡？我盯着她看，呀，白白胖胖的，像刚从水里捞上来一样，水润清凉。她好顽皮，轻轻爬到妈妈身上、脸上、额头上、鼻尖上，还有睫毛上。妈妈翻了个身，她不躲也不藏，妈妈睡在月光身上了，好美，像闭目的观音。她像小鱼游啊游，从房顶上到柜子上又到地上。我扭过身子，俯身趴在枕头上，看地上的月光分分合合，花朵一样，开了，碎了，没了。我好想让月亮住在我家里。

后来读诗，知道诗里也住着月亮。"明月松间照，清泉石上流。"这是诗人与清风为伴月为邻。

"小时不识月，呼作白玉盘。""举杯邀明月，对影成三人。""人生得意须尽欢，莫使金樽空对月。"诗人又把月当作玩伴和知己。

我仰着头看月，月还没有圆，清瘦，但也好看，像用银子雕镂出的花瓣。多年不见，世事纷乱，她却依然清纯美好，不染纤尘，除了久久凝视她，还能做什么呢？

还能做什么呢？

我想与月为邻。

老家已租 白云住

谢光明

  漆黑的森林，父亲走在前面，我跟着他。夜晚的天空，破出一个月亮那么大的洞，还有无数星星那么小的洞，渗着天外的亮光。一些云朵匆忙做着徒劳的堵漏。我喜欢夜晚，这时候，天空不再限制我的想象力，许多梦想穿越漏洞，在天空之外得以实现。

  儿时的村庄，家家户户烟囱浓烟滚滚，锅碗瓢盆乒乒乓乓此起彼伏，就天真地以为天上的白云是神仙做饭造成的云烟。有一次，雨过天晴，父亲去新开的茶园劈柴，奶奶搬来

一直赶路的星星

一只小板凳，让我踮起脚尖趴在窗户上看。顺着她的手指，只见远山上，一个小人举着斧头，一下一下劈下去。声音传来慢，以至看见他举起斧头时"啪"的一声响，斧头落下去反而没有声音。那是父亲在劈柴。接着，飘来一片雾，雾越来越浓，父亲消失在雾里，只有劈柴声，一声一声从雾里传来。那是我第一次认识雾，虽然根本分不清云和雾以及烟的区别。

父亲个子不高，但很健壮，肌肉十分发达，这是他长期从事重体力劳动的结果。读四年级的春天，我在邻村挖来一棵小枣树，种在家门口。枣树比我长得慢。青春期回到家乡，个子噌噌噌往上蹿，那棵小枣树蛰伏了几年后，突然也跟着我猛长，两三年长得比我高好几截，占据了门口一小片面积，还开了几点花，秋天长出几粒稚嫩的枣。父亲将磨得寒光逼人的柴刀和割松脂的油刀交给我，让我去后山跟着大人伐木、割松脂。在我眼里，后山经常云雾缭绕，神秘得有点儿吓人，不但野猪成群，还有人遇见熊出没。有两次回家天黑了，森林里阴森森的，让人头皮发麻，但很快就听见父亲跟来的脚步声，心里顿时踏实下来。夏天，在森林里经常会听见有人

"呜——喂"的呼喊声,据说那是呼唤风的语言,我深信不疑,因为天上的云看起来跑得更快了,呼呼的风掠过树梢,凉爽多了。

家乡何所有,白云转悠悠。雨过天晴,在后山劳动,只见村庄被浓浓的云雾笼罩,云雾里,鸡鸣犬吠声不绝于耳,伴随孩子们的尖叫与哭闹。有时候,云雾散在群山间的山坳里,像被捆住了翅膀的鸟。有时候,云雾又踏着山顶,展翅高飞。此时,"空山不见人,但闻人语响"。秋叶黄,云雾起,秋天的山村成了一个魔法世界,云里雾里,赤橙黄绿青蓝紫,美不胜收。平常日子,在山顶遇见的日出日落,也很迷人。一轮红日,像一个大柿子,甜腻的果酱流溢出来,抹在云朵上,仿佛一张可口的印度飞饼。

离开家乡后,做过记者、编辑,去了许多农村,尤其是偏远山区,那些延续千百年的古村落,正在快速老去和消失。一栋栋古老的农房,象征性地关着大门,三五根野藤蔓攀爬在锈迹斑斑的烂锁上。有两次在飞机上,俯视群山间的故乡,匆匆一瞥,青翠山坳里,白墙黛瓦的老家上空,飘浮着几片云。我贴着窗玻璃,想再听听下面的劈柴声,可惜再也没有。沧海桑

一直赶路的星星

田,只有怀想,没有悲伤。"白云依静渚,春草闭闲门。"老去的乡亲们陆续离开后,他们把村庄交还给了大自然,把房屋租给了白云。而我,继续背负一身人间债,在外流浪。

檐敞如怀

张光恒

北方,农家瓦房小院,可见屋檐高展,檐头前挑。

屋檐檐头,房顶伸出墙外的部分,是村庄的风物标志。檐头,古色古香,砖木、青瓦或红瓦,组构而成。檐头前伸,被时光晕染、包浆,古朴陈旧但边角圆润。

屋檐有情。屋檐如箕,檐敞如怀,夏天遮挡太阳的毒辣,冬天遮挡苦雨的冷寒。家家户户的檐头,长出房墙尺余,在空中揖对环拱,如鸟儿伸开的翼,亦是人张开的怀,所有的檐头,深情凝望远方,意欲庇护所有投奔而来的生灵。

一直赶路的星星

它常庇护落魄的麻雀。下雨天,一只麻雀,被斜飞的雨,抽打得歪斜蹒跚,羽毛紧贴在身上,愈加瘦苦伶仃。嗖的一声,麻雀挣扎着穿过雨林,飞入屋檐下。唰啦啦,安稳下来的麻雀,哆嗦着抖落一身雨尘,它回转头,用尖嘴儿,啄一下尾巴,四处瞅瞅,再啄一下……

所有屋檐,手牵手,肩并肩,鳞次栉比,浑然一体,有树叶贴着青黑的房檐,飘然下落,古树炊烟青山,房檐高据,瓦房,成了季节里最美丽的房子。

行客寻屋檐避溽暑润饥渴,现江湖行走气。大路尽头,远远的,有黑点移近,是客旅之人,看到有村庄屋檐,行客大松一口气,檐下阴凉处坐定,歇上半晌。笃笃笃,行客再敲门讨水,门里伸出一黑扣老碗,行人仰头,大口豪气喝水,沥湿前襟;寒暄,拱手谢过,行人复上路,复变小,成黑点,渐行渐远……

房屋屋檐,和庭院主人一起,从岁月深处走出,随日子慢慢老去。屋檐上青瓦,前后相搭,顺势而下,起伏相承,其颜色,随日月更迭而变更,亮青、浅墨、深黛、黝黑,而那个屋檐下倚门而眠的白胡子老汉,便是当初建造房屋的青皮后生。

屋檐避急雨，见亲情，血浓于水。邻居王大爷，谋生在外，常在屋檐下避急雨。那时候，王大爷为糊口，和儿子一起，用板车拉了席夹子（斗笠），去集市卖。一日，天降大雨，王大爷和儿子怕雨淋了货，变黑不好出手，便紧赶慢赶，走出一身大汗，终于赶在大雨来临前，在一红砖屋檐下停下。檐头窄小，王大爷侧过身，让儿子和板车到里面，免遭雨淋，而自己只好雨打腰身，从此，便落下了腰痛哮喘的毛病。

村庄深处，屋檐飞挑，家长里短烟酒糖茶，烟火气充盈十足。屋檐下的房屋内，饭桌上热气腾腾的饭菜，烟气氤氲盘旋，男女老少居家，围坐一桌吃饭，笑声传上屋檐；屋檐下的鸟儿，母鸟把一条肉虫，喂给小鸟，那小鸟，黄嫩的嘴儿，闭着眼，唧唧啾啾，鸟儿一家与房屋内的人家，隔门相望，厮混熟络。

檐头低矮，时有生灵跨过，惊醒一院静气。常见的是猫儿，踮着脚尖，走着猫步，模特般踱过屋脊，在檐头处，忽地跳下，悄无声息地落在地上；有时是大公鸡，把屋檐当作跳板，长啼一声，然后猛一蹬，呼哧哧飞到院中，檐瓦上，瓦上微尘，飘然洒落下来，阳光里，微尘如蜉蝣，欢快浮沉。

214

一直赶路的星星

　　流年岁月，檐头四季滚动，泾渭分明。春天，檐头处的瓦楞草发芽见长，愈来愈妖娆，等到盛夏，已是亭亭玉立，随风舞动；秋季绵雨，打在屋檐，有雨烟腾起，屋檐生雨烟，洇湿、润泽、悠远，像中国水墨；雪落冬季，雪化处，青瓦洁净无比，呈黛青色，旁有未化皑皑白雪，黑白相间，相映成画。

　　屋檐上空斗转星移，日出月沉，独有檐敞如怀，一往情深……

半窗微雨

任随平

扫码听读

花开半夏,酒醉微醺。烟雨,也是半窗的妙。

半窗,当是乡居时的木窗。木窗,素朴,温雅,散发着淡淡的古木清香,闲暇时,临窗而坐,将鼻息凑近前去,轻轻地嗅,就有细若游丝般的木质清香,丝丝缕缕进得肺腑,眼前就会浮现出开阔的庭院内,一长凳,三两页宽板,匠人骑在木板上手持推刨一前一后平整木板,刨眼儿里有节奏地吐纳着雪白的刨花的画面,像旧时候的阳光,新鲜,清冽。我喜欢刨花,总是守在匠人身边,扯过一绺一绺的,折叠在一起。雪白的刨

一直赶路的星星

花就像白纸本，可以在上面用铅笔写字，写喜欢的小朋友的名字，写杨树柳树杏树桃树苹果树，总之，童年时代的记忆里，树木是我的伙伴，树木的叶子煨暖了我的童年时光。

手工做成的木格窗，有手工的味道，烟雨来时，我喜欢守在木格窗前望雨。

故乡的雨，大多是从南山翻过来的，雨翻过来之前，先翻过乌黑的雨云。雨云就像小时候打翻的墨汁洇染在旧布上，一坨黑，一坨灰白，疙疙瘩瘩的，像极了旧衣衫，在空中缓慢地移动着。我知道，雨就裹在旧布衫里。这时候，我就爬在木格窗前，风呼呼地翻过墙院，掀动着窗扇，我合上半扇窗，开半扇，等待雨落下来。

这时候的雨落下来，总是淋漓尽致，一倾而下，且多是在夏日的午后。

檐瓦白了，远山白了，绳子一般拧在山间的道路白了，是溅起的雨雾混合着雨珠，将整个天地裹挟在一起，雨雾升腾着，弥漫着，结成团，又散开去，愁绪一般。渐渐地，远山之上的天际化出一线白，雨势逐渐小起来，山的轮廓现出来，像是水墨勾线。山间的树，道路，渐渐清晰起来，三五只大鸟兀自闯入寡白的天宇，盘旋，俯冲。这景致，就像元人的画作，寥寥数笔，之外就是大片的留白。

我喜欢留白，留白里有一份闲适的淡雅，适合遐思，适合默想。

喜欢留白，更喜欢在留白里盖一枚中意的闲章。斜着盖上去。闲章，有闲意，亦有弦外之意。

有一年出差，得半日闲暇，与朋友在酒店的阳台上饮茶。周作人说，喝茶当于瓦屋纸窗之下，清泉绿茶，用素雅的陶瓷茶具，同二三人共饮，得半日闲暇，可抵十年的尘梦。阳台饮茶，少了周氏的清雅，少了烟火气与古意，只是真真实实得了半日闲暇。

阳台宽阔，临海，从硕大的弧面窗玻璃望出去，是满目粼粼波光的鼓浪屿。

闲饮茶，亦望海。海岛的雨说来就来，像是从海面上突兀升起的一般，顷刻间，烟雨弥漫，远处的邮轮，近处的渔舟，阔叶的椰子树，海岸线上的伞亭、漫步的游人，一切都静默在迷蒙烟雨中，肃穆，油画一般。朋友是水墨工作者，此刻动了水墨之心，他急忙从背包中取出水墨画笔，展纸添墨，笔墨游

一直赶路的星星

走、点染,我在一旁静观其或动或静,或沉思或凝望。不知花去多少时间,我忘了,但那幅水墨画作我永远记得。

它就挂在我书房临窗的位置,题名"半窗烟雨"。

烟雨,我就喜欢半窗,含蓄,蕴藉。

老街

赵海波

搬了几次家,最后在一条老街上安顿下来。别看老街有些破旧,环绕着老街的却是这个城市里最繁华的商业中心。在闹市中取一幽静之所,是很多人的向往,厌倦了城市的灯红酒绿,身体却又很诚实地与现代文明纠缠在一起不舍离去。所以,住在老街,身体与灵魂各得其所。

老街并不宽阔,路面也略有些坑洼。放眼望去,最惹人眼的就数两旁粗壮的槐树了。夏天的时候,槐树枝繁叶茂,阳光铺在层层叠叠的羽状叶子上面,筛落下的星星点点的光斑落

一直赶路的星星

在行人的脸庞上早已失了炙热。其实槐树按花期来划分，可以分两种，一种开在春天里，白生生的，入口可食；还有一种在炎热的夏日绽放，黄灿灿的，缀满枝头。虽然白生生的槐花也很可人，但我更喜欢这老街旁的开在夏日里的槐花。它们状若草帽，指甲盖儿般大小，并无惹人注目的花姿。但它们妙在花期可以一直持续到夏末秋初，在这缺少鲜艳色彩的夏日街道两旁，一片伏在葱郁树冠上的鹅黄足以令人惊叹。

一场不期而至的雷雨并没有带来想象中的清凉，倒是陡增了湿热的感觉。雨歇之后，老街上的行人密了起来。走在前面的一个小女孩儿，穿着漂亮的碎花裙子，手里拎着一把折叠伞，忽见她把手里的雨伞在空中优雅地画了一个圈儿，伞上的雨珠就开启了一段快乐的或长或短的旅行。它们有的落在老街屋顶的瓦沿儿上，有的跳到槐树叶子上逗留着不肯离开，有的在空中又重新结伴汇聚在一起，然后一头溅落在街道旁边的小水洼里，激起点点的涟漪，与满地的黄色槐花构成了一幅清新绝妙的画作。

夜晚华灯初上，漫步于老街上，风送清凉，感受自然光线与文明灯光融合后带来的静谧与安详。老街上的商业元素并不多，一头一尾各有一家小吃铺，售卖常见的包子与烧饼。中间零落地分布着几家小卖部和一家理发店。入夜之后来往的行人并不多，大多是附近的住户，鲜有外来者。

走到老街的街心公园，一群大妈跳着喜庆的广场舞，成为这条老街上为数不多的热闹元素。不过就在这群大妈的眼皮子底下却站立着一个安安静静摆摊儿的中年妇人。说是摆摊儿，其实就是在地上铺一块塑料布，塑料布上放十几把指甲钳，摆放得倒是横平竖直，列队一般整齐。大凡摆摊儿的人或坐或蹲，或斜倚在树上、自行车上，手里打着毛衣或者听歌看书，做着自己的消遣。而她就是那样自然地站着，目光平静地望向前方，不为近在咫尺的舞姿所引，不为欢快的歌曲所动，仿佛一尊被遗忘在时光角落里的雕像。有时她把双臂交叉于胸前，踱着步子，目光寻望着这条老街，不像是在盼望主顾，更像是在等待夜归的家人。她有她的执着，老街有老街的坚守，在她的身上，我看到了老街的影子。

经过街心公园后，老街的那头逐渐暗淡下来，不一会儿，有霓虹灯穿透密实的槐树叶子落在脸上，迷幻了人的眼睛。再

一直赶路的星星

往前,汽车的轰鸣声呼啸而至,冲撞着耳膜,这一切都预示着老街的尽头已至。驻足街口,繁华重浮于眼前,宁静留于身后。都市与田园可以自由切换,美妙在这天地之间。

筑庐而吟

停云

僻幽处，有清泉环山，咚咚声来而鸟不怕惊扰。

宋人米芾有诗《山林堂》写道："洗竹延清景，培松卫岁芳。好峰多漾翠，嘉卉袭人香。犀玉开书札，龙蛇起混茫。微风北窗卧，真可上羲皇。"

虚竹环抱，置于绿荫之下，晨光熹微，青松伟立，几株香草，袭人而来，案上有书卷，此处甚好。宜烹茶，饮酒。世间悠长，三千烦恼丝，终抵不过一盏杯中酒、一口碗里茶。

环绕着滁州的都是幽深的山峦，树林和山谷优美而秀丽，

一直赶路的星星

远远望去幽静而美丽。欧阳修在滁州担任太守时,好友知欧阳修喜好山林、清泉、饮酒,在琅琊山上筑了一亭子,取名为"醉翁亭"。时常邀上好友,甚至是城里的老百姓参与在其中,饮酒之后,就是吟诗对弈,一副好不快活的样子。

宋人心境娴雅、随性。有时候,甚至有点儿胸无大志的意味,不居庙堂之高时,忧也无关天下,在江湖之远,将天下君王之事尽抛脑后。只因天下安宁,此时最适合寻访山林,风景秀丽之处,远离尘世的喧嚣,爬上高山,看日升日落,三两好友,携一壶美酒,与美景同醉,和云彩对饮。胸中有块垒,心中有丘壑,几个日月星辰的起起落落,一挥一吟就是千古好文章。

世间第一大好事就是读书,古人常常是晴时耕种雨时读书。筑一小庐,不论简陋和繁华,朴素的简单,简陋而又摆设讲究,一案一几一炉。案可书写,几上放置茶器,小炉烹茶温酒。

粗衣麻布,彬彬而有礼节。对饮三巡,喝几声,写几句诗,日子就很美好。

现世安稳之时,他们是会爬上高山,或是星夜沿江听涛声，苏子美在荆州时，常常星夜出走，缘着长江闲逛到赤壁，凌晨的涛声江水，更能激起胸中细浪，感怀古人，畅想人生苦短。

　　好风有好月，竹林深处，花溪之畔，筑一小庐，忙时种花浇水，闲时饮酒对弈。不觉微醺，明月初升，夜半星子闪烁，写好了几句诗，胸中山水如画，朴素简单的水墨，却装着深情，举杯邀月，正好吟几句闲作的诗，月光如银，此间岁月，应是人间好光阴。

携诗穿风雪

李柏林

很多时候,我想给每一片雪都起一个名字。雪从遥远的唐诗宋词中走来,雪从广袤的山川河流中走来,像是赴一场约会,节令已过,雪便开始起身上路了。

童年的雪,是童话里的梦。

五六岁的年纪,最喜欢的就是下雪了。因为我的生日在腊月,所以我对雪更加充满了情怀。除了可以打雪仗、堆雪人,最主要的是,家里总是在下雪的时候熬上一锅腌制的鱼火锅,那好像成了我们家一场关于雪的仪式。我们一家围在炉火旁吃着火锅，等鱼吃完后，汤仍在炉火上熬着。到了晚上，把锅盖好放在庭院的雪地上，第二天早上就可以吃到美味的鱼冻了。我不太喜欢吃鱼，却对鱼冻情有独钟。于是小时候每个有雪的夜晚，我都在想象着，雪簌簌地下着，那个锅啊，孤独地在雪地里酝酿着，仿佛受过风雪后，它的精华才得以彰显。

而印象中的父亲总是在有雪的夜晚练着字，那夜晚的寒冷从他的笔尖一个字一个字地蔓延开来。我那个时候还不懂，有些意境，如果再平添一个不为所累的爱好，便是人间绝配了。

少年的雪，藏在青春的诗里。

记得初中一次周末放假，午后的雪刚停，我穿过庭院跑进屋。父亲正在炉火旁看路遥的《人生》，那是我第一次接触这些作家，也是我第一次感受到生命的凉意。我才明白，人生中很多东西，不是多添一段柴火就能解决的。

而我的生命像开了一个口子，岁月不断将有关寒意的词句往我的身体里灌，我经常坐在火炉旁还打着冷战。

"穿过县界长长的隧道，便是雪国。夜空下一片白茫茫，火车在信号所前停了下来。"在一个大雪纷飞的日子，我读了川端康成的《雪国》，久久不能自拔，觉得生命只是美丽的徒

一直赶路的星星

劳,文字仿佛将我变得哀怨起来。

记得那年正月去上大学,坐在火车上,火车旁高大的树全部被白色的雪包裹,世界仿佛纯净如白纸。我已习惯了在有雪的日子读书,期待能在有雪的日子里写满美丽的诗句。我在车上看着《寒风吹彻》,仿佛落在一个人一生中的雪,我们不能全部看见。而那时,我觉得所有的雪,落在了我的身上。

如今的雪,是岁月里的一幅画。

人生已过二十余载,有过热闹,也有过冷清。身边的筵席已散,只剩下自己。那些曾经约定要每个下雪天都在一起的人,早已经散落在天涯。有的人走着走着就散了,有的人莫名其妙地消失了,有的人分道扬镳。而我渐渐与生活中的种种和解。如果有个人,愿意给你冒雪赴约的惊喜,已经是恩赐了。如果没有,就在窗前,喝喝茶,看看雪,读读书,翻翻过去的日子。岁月像一幅画,需要留白,更需要沉默。每一场雪,都是久别的重逢,带来无言的心事,与惺惺相惜的懂得。

而那先我之前的雪,下在柳宗元蓑笠翁的孤舟上,下在白居易被压折的竹子上,更有大如手的雪下在李白嘲笑王历阳不肯饮酒时的地上,下在唐诗里,宋词里。那些美好的诗句,像一片片雪，落在我的扉页上，更下在我的岁月里。

雪，在诗人笔下是思念，是愁肠，是欢喜，是奔放。在作家笔下是我爱你洗尽铅华，是我爱你无拘无束。而雪，在我心里，是父亲书法中行云流水的从容，是我为赋新词强说愁的情愫。是"山回路转不见君，雪上空留马行处"的离别，更是"柴门闻犬吠，风雪夜归人"的希望。到最后，我才明白，人生啊，就像童年的鱼火锅，熬过无人问津的岁月，受过风雪交加的侵蚀，才能沉淀出最美的味道。

而那些文字，是我在茫茫风雪中，抵御孤独时的良药，迷茫无助时的兵刃，是我生命中的"千树万树梨花开"。是我生命的光，让我相信爱，相信慈悲，相信文字的信念能驱散人性的悲凉，相信人生不是美丽的徒劳，它应是雪落无声，却回答了所有问题。

当我携一首诗，穿过风雪，所有的希望与失望，都成了飞舞的精灵。而当我提笔，无言地爱着每一片雪，珍惜生命中每个场景，我早已是画卷中的人。

星星陪伴我

卢海娟

一直觉得,我的灵魂更接近夜晚:一切都包容在内,一切都模糊不清,对,是那种混沌圆融的状态。我热爱着这份混沌,这可能源于我的软弱、慈柔,源于我的缓慢、笨拙。关了灯,坐在漆黑的屋子里,这样才更接近夜晚,才更安全,更合我的心意。享受着黑暗的静寂,案前,一大簇植物把自己堆叠成暗黑的小山峰,我几乎忘记了它们白天是何模样。小山峰的后面,模糊的窗棂框住四角的天空,像破旧的幕布,唯一证明那幕布便是天空的,是镶嵌在上面的一颗小星星。

才神游了一会儿，那小星星就向西边划了十几厘米，躲到窗棂后头，我要向左侧了身子才能看见它。我不知道它叫什么名字，但我知道，我看见的，不是此时的它，而是很久之前的它，几十年几百年几千年，甚至更久，毕竟，每一颗小星星都跟地球遥不可及。

小星星，把我带回童年去了。"小星星，亮晶晶，好像猫儿眨眼睛。东一个，西一个，东南西北数不清。"在乡下，天上的星星多着呢，一整条银河里，流淌的都是眨着眼睛的小星星，可惜那时我怕黑，一到天黑就躲进屋子里。倒是母亲，总是靠星星判断时间，什么"三星打提溜了""三星要落了"，母亲的"三星"在哪里，我从来都不知道。

少年时，爱上一首名字叫作《星》的歌，"踏过荆棘苦中找到安静，踏过荒郊我双脚是泥泞。满天星光我不怕风正劲，满心是期望过黑暗是黎明，星光灿烂，伴我夜行给我光明……"敢于走进夜晚，星夜独行——我迫切地想拥有勇往直前的勇气与热血。可惜，懦弱如我，永远都是想象的巨人，行动的矮子，所有的好时光，都在我抓不住时，不经意流走。

此生，和谁一起看过星星，几乎不记得了，当初刻骨铭心

一直赶路的星星

的浪漫情怀，此时看来不过尔尔：丢在路上的人，在与我相悖的地方星夜兼程；在星夜里牵了我的手的人，找不到一点儿当初的模样。

我所能看到的星星，越来越少。

此时，连窗棂边的那颗也已经不见，我疑心它趁我走神便猝然坠落，于是起身，把自己抻长，凑近窗子，那颗孤独的小星星，它一路向西，挂在滑溜溜的天幕上。

黑夜里踽踽独行的小星星，多像坐在黑暗中患得患失的我。

似此星辰非昨夜，为谁风露立中宵？

倒很想有一个，可以风露立中宵，可以苦苦等待的人。

天上有一颗小星星，人间有个微不足道的我。星星陪伴我：一颗星就是一粒药，治愈此生所有的压抑与慌张……

贵为龙,素若虾

凌士彬

水意江南,沟渠河汊,最能藏鱼聚虾。龙虾繁殖快,再生能力强,放一地笼捕鱼,常有小半网龙虾。更有甚者,看准龙虾商业价值,规模化养殖,成为农村经济新的增长点。地方政府就乘势而上,敲锣打鼓吆喝,为龙虾办了一个节庆。绵延一条街的风味龙虾,吊足了人们的胃口。一道风味,促成一个节日,成就了一道缤纷的夏日风景。

将风味演绎成风景的,是龙虾;将风味演绎成风尚的,仍是龙虾。火热灼灼的夏,热油红红的虾。是的,已不新鲜,龙虾成就了夏季。真是异想天开，炎炎盛夏，为一介龙虾办了一个节庆。泥鳅没有过，黄鳝没有过，贵如甲鱼也没有过。红火的壳，麻辣的椒，唏嘘的舌，翻江倒海的胃，给原本火热的夏煽情拢火。一排排，一片片，一桌桌，一对对，一盆盆，炎炎烈日西下时，暑气蒸天，场地里油腻的桌椅板凳，翻腾的火锅底料，泡沫堆高的啤酒，从内到外，麻辣小龙虾叫你滋滋冒汗，酣畅淋漓，精神倍儿爽。开胃的龙虾，亲民的价位，能聚人气，本身就是个节日。

龙虾亲民，虾如其名。龙虾被称为虾，不仅是样子像虾，更是本性像虾。俗话说："水中蛤蟆穿绿衣，锅里虾公着红袍。"龙虾遇热，全身就红得赏心悦目，热油一过，艳若桃花，灿若火焰，色味俱厉。那一只只普通的小龙虾，即便是赴汤蹈火，也是大大咧咧，红红火火，轰轰烈烈。于是夏就随着龙虾而烂漫热闹起来。

龙虾又好像不是虾，细腻的河虾是灵秀和机巧的。无论是长臂大虾还是米粒草虾，河虾的外壳是晶莹剔透的，一眼就能透视水润的肉身，轻巧柔嫩，玲珑有趣，惹人怜爱，有闺中女儿的娇气。而"庞大"的龙虾更像是个性张扬的蟹，粗粝豪迈，敢作敢为，古有荀子描绘蟹的"六跪而二螯"，其特点更像是龙虾。龙虾的前身与头连在一起，犹如螃蟹厚重的壳，是定心的底盘，稳当可信赖。眼睛机灵如蟹，两个如同火柴头般黢黑的小眼，能伸出眼窝，随你左右摇摆。你一靠近，他就急忙举起一双大钳子，即使是只独臂将军，他也要只手擎天，不怕天，不怕地，那自信——虾兵蟹将怕过谁！

有人说，龙虾，终究是呆虾，认死理，不圆融。记得若干年前，用三尺见方纱布，扎个十字蔑架，一条细绳，一根竹竿，就是一张捕虾的罗网，向网心撒一撮油饼，水里静放十来分钟，呆虾子就会自投罗网。后来流行地笼，一夜时间，龙虾就会成群结队，鱼贯而入，束手就擒。"龙虾是水下呆子，智商接近植物。"起网水动，其他小鱼会倏忽远逝，只有龙虾，依然津津有味地品着"美味"，待到离水时还是大腹便便，处变不惊。虾是简单真诚的！虾的真诚，成就了人的美食欲望。你看那孩童，一根线，一块肉，就把单纯的龙虾钓出水面，大钳子夹住饵肉至死不放，执着任性，放在大地上，也与我们对峙，赛螃蟹，却不横行霸道，似猖狂，却能进退有据。

龙虾，为什么叫"龙虾"？总让人想入非非，《易经》爻辞云:"飞龙在天,利见大人。"有如此"高大上"吗,还是"鞠躬见汤王,封作朱衣侯"吧?封侯也是不错的待遇,但愿龙虾代表一种人生状态,在天高贵为龙,在地亲民成虾,飞龙落地,唤为龙虾!如此,办一个节庆,实不为过!

龙虾,成就沸腾的夏,满足火热的心。只愿吃虾的人,贵为龙,素若虾。

印痕

翁秀美

湖边，闲坐。看起伏的波纹，一线一线，永远无穷无尽；看树上的叶子旋转着落在水上，轻轻叩开了一点儿水面，这么一点点力，水便承受不了，一圈圈涟漪荡了开去，然后，叶子便静静卧于湖中，如一幅油画。水上的小鸭子，来回嬉戏，两只在此，一只在彼，这两只频频呼唤，那只箭一般地跑来，这两只便欢快地迎上去，尾部带起的水痕逐渐分开扩大，一条条白线在水上拖得老长，这生动活泼的痕迹给水面带来无限生气。

一直赶路的星星

    多么生动有趣的画面！因为这些无意中出现的印痕，水面有了动感，也仿佛有了生命与快乐。想起白居易的小诗《池上》："小娃撑小艇，偷采白莲回。不解藏踪迹，浮萍一道开。"这可爱淘气的小娃娃，他是这样不小心啊，让自己的行踪落在水上，落在诗人的眼里，诗意地留存笔下，最终落在我们的眼前，令人会心一笑。

    印痕是美丽的大自然用时间和空间呈给我们的自然的动态过程或结果，天地之中，每一道印痕，都有其存在的偶然与必然，道理与意义。但在我们眼里，便是艺术般的审美享受。夜晚，当满天的星星挂在眼前，偶有流星划过夜空的黑，拖着灿烂的尾巴，一闪而过，那是值得惊叫的场面。雨后，巨大天幕上横亘东西的彩虹，气象宏大，美轮美奂，在人们竞相驻足留影之时，又缓缓褪去，不留一点儿痕迹。

    雪落了，落在大地，掩住所有的沟沟坎坎，不平之地；卧在枝上，枝像披上了棉袄，焕然一新。雪是极心软的，它盖住一切痕迹，却又留下新的痕迹：叶落下，鸟蹭过，人过处，车行时，雪立即为它们展示出行踪印记。霜降了，薄薄的一层铺在路面，有联云：鸡犬过霜桥，一路竹叶梅花。霜雪无意，鸟禽有意，天地之间，便是这般有意无意地创造着至美景象。

印痕，也是伤痛后的美。对此，大自然坦坦荡荡，从不掩饰。刀劈斧斫般的重重峰峦，九曲回肠般的道道山谷，嶙峋的树皮，枝条折断时留下的疤，海浪拍打礁石刻下的缝隙，城墙上遍布的小坑大孔，遗址上的断壁残垣……涓滴成泉，汇而成溪、成河、成瀑，其间路途艰险，水不断撕裂、跳跃与融合，冲锋中的印痕留给无数大石枝杪，最终汇成大海。

这是天然的杰作，来自尘世间留有美丽痕迹的艺术品，同样令人叹为观止。

比如西安出土的唐代朱雀大街遗址中的唐代路面。作为世界历史上规模空前的国际大都市，唐长安城的组成部分，该遗址的重要性不亚于大小雁塔和大明宫。唐代路面，上面密集的车辙印，显示了那个时代人来车往的繁华，车马或朽，人无处觅，声无处听，唯车辙印如昔如新，深浅不一的印痕诉说着大唐盛世的灿烂辉煌，令人产生无限遥想。

瓷器开片上的裂纹，晶莹剔透，如冰裂开，无规则，却有序，大小不一，纹路各异，却纵横开阔，粗细交错，虽为烧制，宛如天工。寻常人家里，木头砧板上细细的刀印，真实记

一直赶路的星星

录着或快乐或清淡的烟火岁月。

我们的眼前，有多少美妙的不可言传的美丽痕迹！有的一闪而过，有的千载不变，任它花落花开，燕来雁往，它们的身影总被时光一年年地保留着，让人们遇见并欣赏。谁说时光无情，它能荡涤一切，也定留下遗迹。不过，对于有生命者，却只赐予有限时光，谁也敌不过老之将至。不知不觉间，皱纹早已爬上脸颊，不要紧，这是必须有的印痕，是日子的印记，美得很。希望在以后皱纹叠加的岁月里，与未来的时间同行，与过去的空间对话，继续欣赏并留存所有关于人世间的美妙印痕。

寻芳习家池

李春雷

盈盈一池泉水，宛若明净的眼睛，看着秦岭，看着巴山，看着汉江，看着襄阳，看着南北中国。

蜿蜒千里的秦岭和巴山，犹如一对不弃不离的夫妻，簇拥着自己的女儿——汉江，款款东行。行至襄阳，驻足不前。而他们的美丽女儿，则心系远方，嫁与长江。分手之际，双方泪眼凝眸。这一汪深情的凝眸，便是习家池。

秦巴余脉绾结于襄阳城南五公里，仿佛孔雀的一根尾羽，名曰凤凰山。而习家池，又像这根尾羽末梢的一面晶莹的圆

一直赶路的星星

镜，镶嵌在山之阳，江之滨。

习郁，字文通，东汉初年人，因功被光武帝封为襄阳侯。习郁富且贵，儒而雅，涉水跋山，法眼堪舆，遂择此宝地，凿池引流，"依范蠡养鱼法作大陂。陂长六十步，广四十步。池中起钓台"。其后，植佳木，筑华屋，聚灵石。习家池渐成宴游名园。

三百年后，习氏世孙凿齿在此隐居。凿齿少有奇志，博学能文，名播天下，曾任荥阳太守。后因脚疾，解职返乡。唯大才不废，敕命编修国史。他在钓台上增建书亭，周匝雕花石栏，赏荷观鱼，听风品香。斯时斯地，凿齿笔下生花，司马再世，著就《汉晋春秋》五十四卷。书成，举家迁居江西，远离尘嚣。

白驹过隙，倏尔三百春秋。孟浩然生于习家池附近的涧南园村。在池塘的映照下，孟氏悄然长成，渐悟经诗堂奥。"习公有遗坐，高在白云陲。樵子不见识，山僧赏自知。以余为好事，携手一来窥。"据统计，孟浩然留存作品中，直接赞美习家池的诗作竟达十首。彼时，李白、杜甫、皮日休、贾岛等一干魁星迤逦而至，临水赋诗，且觞且咏，纵心宇宙，快哉快哉。

　　乌飞兔走，又三百载。欧阳修、米芾、曾巩等人频频造访。尤其米氏嗜书如痴，以山为砚，临池而墨，心摹手追，探幽索微，成就绝代行草。兰亭之后，天下独步。

　　宋元以降，直至民国，习家池叠次修葺，终成佳构。虽由人工，宛自天开。《襄阳县志》载："全楚十八九处胜迹，名流人士流连而慨慕者，习家池为最。"

　　习家池何以如此兴盛？除了浓郁的历史文化意蕴，还有其特殊的自然地理暗脉。

　　这里，是茫茫秦巴余脉的末端，又是浩浩江汉平原的起首，更是楚文化的核心发源地。早期楚人以凤凰为图腾，"辟在荆山，筚路蓝缕"，置都城于襄阳境内达三百余年。楚文化融华夏和蛮夷文化为一体，是中国古代南方文化体系的龙头，启蒙和发酵了广袤的长江流域和珠江流域。其中巫文化元素，尤为中国浪漫主义精神的滥觞。

　　习家池门临汉江。不言而喻，汉江流域是汉民族的发祥地，汉语、汉学、汉文化，这是一个国家最鲜明的胎记。我们现在拥有和享用的一切物质文明，精神图腾，乃至国家钵盂，民族袈裟，均肇始于这条龙形水脉。汉江无语，却蕴含着多少民族精神的密码，那是引子，那是归依，那是未来，那是宿命；汉江无语，却是大道，是大德，是大善，是大美。

习家池背后的襄阳，更是一座特殊的城市。在中国地理版图和物候分布图上，秦岭淮河是最明显的南北分界线，而襄阳正处于两者之中心，南方的灵秀，北方的雄壮，东方的文儒，西方的浑穆汇聚一身。在襄阳的舌尖上，既流行南方的甜食、米酒，又时兴北方的面条、白馍；既欢喜西部的羊肉、浆水，又嗜好东部的海鲜、炒粉。植物、农稼、饮食、风情，凡此种种，东西包容，南北荟萃，中庸方正，仪态雍睦，恰如中国的文化、中国的性格、中国的态度、中国的立场。

无疑，习家池就是这一方水土的文心和慧眼。

公元 2014 年夏天，我来到这里踏访寻芳。

穿过凤凰山，走进凤林关，沿石板路觅行，渐次进入一个幽邃世界，俨然桃花源中。路两侧是青青的草坪，森森的梧桐，间或有李白、杜甫、孟浩然、皮日休、欧阳修等人诗词的碑刻。一粒粒黑黝黝的饱满的汉字，好似圣哲先贤们的一颗颗瞳仁，静谧、肃穆而又慈祥。

走出一片松林，眼前豁然一亮。箕形山坡下，累累卧石和簇簇青葱之间，荷叶田田，萼红灼灼，一池晶莹，笑容可掬。

习家池约三四亩，澄澈宁静，碧玉温润，映照着青山绿树、蓝天白云，日月沉浮，宛如一个安详的世界。那是大地的脉络，那是历史的记忆。池中有一座湖心亭，重檐六角，斗拱高耸，恰似魏晋高士的峨冠。池水周围是一丛丛毛竹，滴青流翠，楚楚动人，又如美女明眸的睫羽。

池塘西南侧，依偎着两个造型别致的副池，小如戏台。一个满圆似日，芳名溅珠；一个半圆如月，雅号半规。山风拂过，两池涟漪，表情各异，一面蛾眉忧戚，一面笑靥如花。哲人言，养数盆花，探春秋消息；蓄一池水，窥天地盈虚。千百年来，此间主人，以大池为心髓、小塘为耳目，坐卧台上，静观水面，枯荣更替，盛衰化变，参悟万物，叩问天机，真高士也。

池畔四旁遍植杂树，扁扁圆圆的叶片们，像手掌，像旗幡，向人类表达着亲情与善意。树下是纷纷繁繁的花草，姹紫嫣红，葳葳蕤蕤。几株茯苓、苍术和天麻也伴生其间，暗吐药香，氤氤氲氲，似乎在试图疗救忧患的人间。不是吗？池边的

一直赶路的星星

每一棵树，每一根草，都是一个鲜活的爱心生命，茎脉里的汁液都是汉江最微小的支流。我细细谛听，仿佛有一阵阵惊雷般"隆隆"的声响。那是大地的耳语，那是自然的节律，那是时间的脚步。

是的，夏天是永远的快节奏，风雨雷电，云蒸霞蔚，潮涨潮落，花发花谢，大开大合，大舍大得。一切都在成长，一切都在争鸣，一切都有可能！

独坐幽篁里，处处闻啼鸟。那是孟浩然的鸟吧。孟氏故园，就在近旁。尽管一生漂泊，八方宦游，但他最眷恋的还是故乡。五十二岁的时候，夜来风雨声，悄然花落了！他，永远春眠在这里。

我轻轻地徜徉来回，小心翼翼，蹑手蹑脚，唯恐惊扰了熟睡的先生。但敏感的脚步，犹如叩开了一扇扇尘封的门扉，又如同踩响了一枚枚历史的琴键。过去的岁月如烟似雾，扑面而来，那些睡眠在书页间的人们又欢活起来。我似乎影影绰绰地看到了一张张形色各异的面孔，隐隐约约地听到了他们的歌声、笑声、吟诵声和叹息声……

驻足北望，高岗之上，是始建于明嘉靖年间的习家祠堂，古色古香，深邃典雅。襄阳习氏南迁江西之后，开枝散叶，人丁繁茂，四处流徙，遍布全国，早已与整个民族融为一体了。

我正与池水凝视，一只鲁莽的黑鼋猛然探出头来，恶作剧般"嘭"地一跃。刹那间，天空破了，涟漪乱了，一片惊恐，满池碎影，整个池塘顿时成为一个振荡世界，分不清是幻境，还是现实。但是，转眼间，便又恢复了原来模样，丽日蓝天，风清气朗，祥静安泰，江山稳固。

是的，风清气朗，江山稳固，一如这千万年的秦巴，千万年的汉江！